# 조선
# 명탐정
# 견음

# 조선 명탐정 견음

발행일     2020년 10월 8일

지은이     천포
펴낸이     차석호
펴낸곳     드림공작소
출판등록     2019-000005 호
주소     부산광역시 남구 수영로 298, 산암빌딩 10층 1001호 드림공작소
전화번호     010-3227-9773
이메일     veron48@hanmail.net

편집/디자인 (주)북랩
제작처     (주)북랩 www.book.co.kr

ISBN     979-11-967664-0-5 03810 (종이책)    979-11-967664-4-3 05810 (전자책)

이 도서의 국립중앙도서관 출판예정도서목록(CIP)은 서지정보유통지원시스템 홈페이지(http://seoji.
nl.go.kr)와 국가자료공동목록시스템(http://www.nl.go.kr/kolisnet)에서 이용하실 수 있습니다.
(CIP제어번호: CIP2020041021)

천포 추리소설

# 조선 명탐정 걸음

# 견음, 동래 감찰이 되다

정조 7년(1783년) 9월 2일.

 노랗고 붉은 색의 단풍이 한양의 산을 물들이기 시작했다. 한양의 산 중 북악산의 단풍이 아름다웠다. 특히 창덕궁 규장각 뒤에 있는 후원의 단풍은 북악산의 단풍과 어우러져 아름다움이 배가 되었다. 그래서 임금을 비롯한 왕실 사람들도 여기서 단풍을 즐기기도 했고, 후원에서 가장 가까운 규장각에 근무하는 관리들도 단풍을 보면서 잠시나마 힘든 일을 잊곤 했다.

 규장각은 정조 시기 왕실의 도서관 역할을 하는 동시에 임금이 자신만의 세력을 형성하기 위해 인재를 육성하는 곳이었다. 정조가 자신만의 세력을 형성하고자 인재를 육성하는 곳이다 보니 근무자들은 막중한 임무로 인해 책과 씨름하느라 단풍이 아름답게 든 가을을 자세히 구경할 여유가 없었다. 한 사내만 빼고는.

입고 있는 복장을 보니 규장각에 근무하는 관리가 분명해 보이는 한 남자가 홀로 후원에 나와 북악산에 물든 단풍을 보면서 신세를 한탄하고 있었다.

"북악산에 물든 색색의 단풍을 보니 마치 비단을 깔아놓은 것 같네. 하지만 멀리서 바라보는 내 신세는 처량하기 그지없구나."

"여보게 견음, 자네 신세가 뭐가 처량하나. 6조나 의정부의 관료들은 일이 많아서 죽을 지경이라고 들었네. 그들과 비교하면 우리는 읽고 싶은 책을 마음껏 읽으면서 지내고 있지 않나?"

견음이 혼잣말로 자신의 신세를 한탄하고 있을 때 뒤에서 같은 곳에서 근무하는 것으로 보이는 남자가 나타났다. 이 남자는 견음이 지금 하고 있는 신세 한탄은 배부른 소리라며 규장각 근무가 얼마나 즐거운지 역설을 했다.

"이보게 초정(실학자 박제가의 호, 박제가도 규장각에서 오랫동안 근무를 했다.), 자네야 책 읽는 것을 좋아하니 여기 규장각에서 책을 읽으면서 보내는 것이 즐겁겠지. 하지만 나는 자네와는 달라. 난 여기서 책을 읽는 것이 답답하고 지루하네. 차라리 6조나 의정부에서 일을 하고 싶네. 그러고 보니 난 지금 몸이 근질 근질하네. 기생집에 가서 좀 놀다 와야겠네."

견음은 규장각에서 책을 읽는 것이 지루했는지 기생집에서 놀다 오겠다고 초정에게 말했다. 그런데 궐 밖으로 나가려면 병사들이 지키고 있는 문을 지나서 나가야만 한다. 그러면 근무 중 근무지를 이탈하는 것이 그대로 드러나고 만다. 하지만 견음이 이런 것을 모를 리가 없었다. 견음은 어릴 적 익힌 무술로 후원 쪽의 담을 넘어가려고 하는 것이다.


"견음, 자네 이런 행동을 전하께서 아시는 날에는 자네 목이 남아나지 않을 걸세. 도대체 자네 목숨은 몇 개인 겐가?"

"내 걱정은 하지 마시게. 그럼 이따 봄세."

견음은 초정의 진심 어린 걱정을 뒤로하고 창덕궁의 담을 넘어 기생집으로 향했다. 기생집으로 간 견음은 늘 찾던 홍주와 같이 밀회를 즐기고 있었다.

"나리, 해도 지지 않았는데 벌써부터 찾아와도 되는 것이옵니까?"

"홍주야, 내 걱정은 말거라. 그래서 내가 술은 마시지 않고 있는 것이 아니냐. 그냥 홍주 너의 얼굴이 보고 싶어서 왔으니 그리 알고 있어라. 술시(저녁 7~9시)까지만 궁궐에 가면 되느니라."

"그래도 소녀는 걱정되옵니다. 그나저나 술시까지 들어가야 한다고 하지 않으셨습니까? 술시까지 대궐에 가시려면 지금 나가서야 되는 거 아니옵니까?"

"벌써 시간이 그렇게 된 건가. 홍주 너의 얼굴을 보니 시간이 가는 줄 모르겠구나. 난 헤어지기가 싫어. 하나 대궐에 들어가지 않으면 내가 살아서 널 볼 수가 없겠지. 아쉽지만 다음에 보자꾸나."

이윽고 홍주의 방을 나온 견음은 기생집 담을 넘어 대궐로 향했다. 행여나 늦을까 봐 견음은 전력을 다해서 뛰었다. 다행히 술시가 되기 전 견음은 창덕궁 담에 도착했다. 견음은 익숙한 솜씨로 담을 넘어 후원 쪽에 있는 숲을 통해 규장각으로 걸어갔다. 견음은 후원 주위의 숲에서 단풍을 벗 삼아 장시간 사색을 하고 나온 척했다. 후원에서 나와 보니 영암(유득공의 호)이 자리에 있었다.

"영암, 안 늦은 거지."

"그래. 늦지는 않았네. 그동안 어디에 있었는가? 자네."

"지금 내가 어디서 걸어오는지 눈으로 보고서도 묻는 겐가. 후원에 있었다네. 후원의 단풍이 아름다워 후원에 있는 숲을 거닐며 사색을 했지. 그리고 후원에서 보는 북악산의 단풍이 제일 아름다우니 북악산의 단풍 구경도 했다네. 후원에서 보는 북악산의 단풍이 제일 아름다운 건 자네도 잘 알지 않나! 하하."

견음이 후원에서 사색을 하고 북악산의 단풍을 보다가 온 것이라고 말을 했지만, 영암은 이 말이 거짓말이라는 것을 어렵지 않게 알아차렸다. 물론 여기에는 친한 사이인 초정으로부터 들은 것이 있었기 때문이다.

"자네 나랑 내 눈을 똑바로 쳐다보게. 귀신을 속여도 내 눈은 못 속이네. 몸에 땀이 아직 덜 마른 것을 보니 기생집에서 홍주란 기생과 같이 있었던 것 같은데. 내 말이 맞지 않은가?"

"흠. 그만하지 영암."

견음이 영암과 이야기를 하고 있는 사이 저 멀리 내관의 소리가 들려왔다.

"주상전하 납시오."

술시가 되자 정조는 어김없이 규장각에 나타났다. 그리고 규장각의 젊은 학자들 한 사람 한 사람에게 질문을 했다. 이는 견음도 예외는 아니었다.

"견음. 이 나라 조선은 태조께서 창업하시고 세종께서 기틀을 제대로 잡은 나라이네. 그리고 이 나라의 법은 성종께서 반포하신『경국대전』을 따르고 있다네. 『경국대전』이 이 나라 조선 법의 근간이라네.”

“소신도 잘 알고 있사옵니다. 전하.”

“그렇다면 백성들에게 법의 보호가 필요한 이유가 무엇인가?”

“신 견음. 아뢰옵건대, 법은 나라의 질서가 바로 서기 위해 모든 백성들이 지켜야 할 최소한의 규칙이옵니다. 그래서 법을 어기면 그에 따른 처벌을 받게 되어 있사옵니다. 하나 이 법 때문에 단 한 명의 백성이라도 억울한 죄를 뒤집어쓰는 경우는 없어야 합니다. 이것이 백성들에게 법의 보호가 필요한 이유이옵니다.”

“하하. 역시 견음다운 대답이군. 과인이 기대했던 답이 바로 그것이었다. 오늘 견음에게 과인이 친히 술을 하사하노라.”

“성은이 망극하옵니다.”

견음의 막힘없는 대답에 정조는 만족해했고, 같이 근무하는 근무자들은 혀를 내둘렀다. 그도 그럴 것이 견음은 툭 하면 밖에 나갔다가 실컷 놀고 들어오니 다른 사람에 비해 책을 읽는 시간이 부족했던 것이다. 하지만 이는 겉으로만 보이는 것일 뿐. 견음은 다른 사람에 비해 책을 읽는 속도가 세 배는 빨랐기에 가능한 것이다. 물론 읽을 때는 집중을 해서 읽는다. 그래서 정조가 묻는 말에 막힘없이 대답을 할 수 있었던 것이다.

정조가 규장각 근무자들에게 질문에 대한 답을 듣고 나가자 초정이 다가와 견음에게 물었다.

"자네. 허구한 날 기생집에서 홍주와 어울려 놀아서 공부를 게을리하는 줄 알았는데, 내 생각과는 전혀 다른 모습이군. 난 자네가 부러워."

"하하하."

그로부터 몇 달 뒤 해가 바뀌었고 어느덧 2월이 되었다. 2월 초 나흗날 정조는 견음을 불렀다. 견음은 긴장한 모습으로 정조를 알현하러 들어갔다. 그도 그럴 것이 정조와 단둘이서 독대를 하는 것은 이날이 처음이었던 것이다.

"견음 왔는가."

"예, 전하."

"견음, 과인이 자네를 부른 이유가 무엇인지 궁금하지 않은가? 과인이 자네를 부른 이유가 무엇일 것 같나?"

"소신이 어찌 전하의 깊은 곳에 있는 생각을 알겠나이까."

견음은 근무시간에 후원 쪽 담을 넘어 기생집의 홍주를 만나러 가는 것이 발각되었다고 생각했다. 그래서 차마 자신의 입으

로는 말을 하지 못하고 정조가 자신을 부른 이유를 모른다고
답한 것이다.

"그동안 과인이 견음 자네를 지켜본 결과 재능이 남다르다는
것을 알았네. 그래서 하는 말인데 내 자네를 사헌부로 보낼까
하는데. 거기서 감찰 업무를 맡게 될 걸세. 자네 고향이 경상도
동래라고 들었는데."

"그렇사옵니다. 전하."

"그럼 그곳에서 감찰 일을 맡아보게나."

견음의 예상과는 달리 정조의 입에서 나온 말은 자신을 사헌
부로 보내겠다는 것이다. 견음으로서는 동래로 가는 것이 나쁘
지만은 않았다. 원래 조선에서는 지방관으로 자신이 태어나고
자란 곳에 보내지 않는 것이 관례였다. 이는 그 고을의 사정을
잘 아는 사람이 지방관으로 가면 지방 세력을 규합해서 반란을
일으킬 수 있는 것을 사전에 방지하기 위한 목적이 있었다. 그럼
에도 견음이 고향인 동래로 발령이 난 것은 동래에서도 비주류
에서 속했던 집안 때문이었다.

이를 누구보다 잘 알고 있는 견음으로서는 냅다 '감사합니다.'
라는 말을 할 수는 없었다. 견음으로서는 고향으로 가는 것에
곱지 않은 시선을 의식하지 않을 수가 없었다. 그리고 대개 한

두 번 정도는 자신은 이 일을 맡을 정도의 능력이 안 되니 명을 거두어 달라고 말하는 것이 관례이기 때문이다.

"전하, 명을 거두어 주시옵소서. 신 견음은 사헌부 감찰 일을 맡는 것에 있어 그 능력이 아직 부족하옵니다. 또한 아직도 조정에는 전하를 해하려고 하는 무리들이 있사옵니다. 그런 전하를 두고 소신이 어찌 떠날 수 있겠사옵니까."

"견음, 자네의 충성을 내 모르는 바가 아니야. 하나 여기에는 자네 말고도 과인을 지켜줄 수 있는 사람이 많네. 그러니 여기는 걱정 말게. 그리고 과인의 눈을 똑바로 보거라. 견음 자네가 동래로 떠나기 싫은 이유는 기생 홍주와 떨어지기 싫어서 그런 게 아닌가? 내 말을 하지 않아서 그렇지. 세손 시절, 그러니까 자네가 성균관에 있을 때부터 담을 넘어 기생집에 드나든 것을 과인은 알고 있었다네."

정조의 말이 끝나자 견음의 몸은 순간 굳어서 움직이지 못할 정도가 되었다. 견음이 명을 거두어 달라고 말하자 정조가 자신은 못 거두겠다고 말하는 것까지는 괜찮았다. 하지만 정조의 입에서 근무시간 중에 견음이 담을 넘어 기생집에 드나드는 것을 알고 있다고 하는 순간 놀랐던 것이다. 정조가 그것을 알고 있는 이상 견음은 죽여달라는 말을 할 수밖에 없었다.

"전하, 죽을죄를 지었사옵니다. 죽여주시옵소서."

"아니야, 견음. 만일 자네가 능력이 없었다면 지금까지 살려주지는 않았어. 이미 이 세상 사람이 아니었을 거야. 또한 자네의 죄를 물어 옥에 가두기에는 그 능력이 너무 아까워. 그렇다고 다른 사람들이 피해를 본 것이 아니니 죄를 물을 수도 없지 않은가. 그리고 과인이 자네의 능력을 사용하고 싶기도 하고. 그러니 거절하지 말고 동래로 가주게. 아, 자네를 추천해준 연암을 봐서라도 동래로 가주게."

"신 견음. 전하의 명을 받들겠나이다."

"여기 교지를 내리네. 오늘 즉시 동래로 떠나게."

"알겠사옵니다."

정조에게 용서를 받은 견음은 이제야 굳었던 몸이 풀렸다. 알현을 끝낸 후 교지를 받고 나오면서 생각하니 동래로 가는 것도 나쁜 것만은 아니라는 생각이 들었다. 동래로 내려가면 온종일 책만 읽고 있지 않아도 되었다. 이것을 얼마나 지겨워했던 견음이었던가.


정조를 알현하고 교지를 받은 견음은 집에 돌아오자마자 동래로 갈 채비를 하기 위해 중철과 현태를 불렀다. 중철과 현태는 견음의 왼팔과 오른팔로 무술이 뛰어났고, 원래는 견음의 하인이었다가 면천이 되었던 사람들이다. 견음은 과거에 급제하고 한양으로 오면서 노비문서를 태워서 같이 온 하인들을 면천시켜주었다. 중철과 현태는 견음 곁을 떠난 다른 하인들과는 달리 곁을 떠나지 않고 지키고 있었다.

"중철이와 현태는 빨리 짐을 꾸리거라. 오늘 동래로 떠나야 한다."

동래로 떠날 것이란 견음의 말을 들은 중철은 아무래도 견음에게 무슨 좋지 않은 일이 생긴 것이라 생각을 했다.

"나리, 혹시 주상께 팽 당한 것이옵니까? 그렇게 규장각에서 읽으라는 책만 제대로 읽고 있었으면 팽은 안 당했을 거 아닙니까? 그깟 홍주가 뭐길래."

"중철이 이놈 못 하는 말이 없구나. 나는 주상께서 오늘부로 사헌부 감찰로 가라는 명을 받았다. 그래서 동래로 가는 거야."

견음이 사헌부의 감찰로 발령받았다는 말을 했지만 중철과 현태는 믿지 않는 표정을 하고 있었다.

"아무래도 중철이 말이 맞는 것 같은데요. 나리, 솔직히 말하시지요."

"여기 교지가 있느니라. 어서 떠나자."

중철과 현태가 믿지 않자 하는 수 없이 견음은 정조에게서 받은 교지를 꺼내 중철과 현태에게 보여주었다. 교지를 본 중철과 현태는 이제야 믿게 되었다. 이렇게 견음과 중철, 현태가 티격태격하고 있는 사이 검은 옷을 입고 검은 천으로 얼굴을 가린 사람 하나가 견음 쪽으로 걸어오고 있었다.

"그런데 저기 있는 검은 옷을 입은 사람은 누구입니까. 얼굴도 알아볼 수 없고."

"내가 특별히 데리고 가는 아이니라. 더는 묻지 말거라."

검은 옷을 입은 사람의 실체를 알고 싶은 중철과 현태의 바람에도 견음은 답을 하지 않고 자신의 짐을 꾸리기 시작했고, 짐을 다 꾸린 견음 일행은 말을 몰아 동래로 향했다.

한양을 출발한 지 열흘. 그러니까 2월 14일 견음 일행은 일정대로 동래에 다다를 수 있었다. 일정대로 동래에 도착했으니 여기까지는 어긋나는 것은 없었다. 한 가지만 빼고는. 그 한 가지가 바로 동래성 문 앞에 다다른 시각이 해시(밤 9~11시)였다는 것이다. 이 시간에는 성문을 닫고 의원을 찾아가는 사람 같은 특별한 경우를 제외하고는 통행을 금지시켰다. 통행 금지가 풀리려면 묘시(아침 5~7시)가 되어야 했다. 당연히 해시에 도착을 한 걸음 일행도 다음 날이 되어야 성안으로 들어갈 수가 있는 것이다. 하지만 견음은 조금이라도 빨리 성안으로 들어가고 싶어서 문지기에게 문을 열어 달라고 소리를 질렀다. 자신이 감찰로 온 것이라고 밝히는 것과 함께.

"문 안 열고 뭐 하느냐. 난 동래에 감찰로 온 견음이라는 사람이다. 한시바삐 들어가야 하니 빨리 문을 열거라."

"이보쇼, 나리. 지금 시간에는 아무도 들여보내지 말라고 부사께서 단단히 명을 내리셨소. 문을 열었다간 우리 목도 날아갈 판이오. 묘시에나 오시오."

동래성의 문지기도 만만히 문을 열어줄 상대가 아니었다. 문지기 입장에서는 견음에게 문을 열어주지 못하겠다고 말을 하는 것이 어찌 보면 당연한 것이기 때문이다. 그때 중철이가 나와서 문지기를 쏘아보며 말했다.

"어허 너희 문지기 둘은 빨리 문을 열지 못할까. 이분은 사헌부에서 직접 파견하신 분이시다. 너희 따위가 상대할 분이 아니니라. 죄가 있으면 동래 부사도 잡아서 죄를 물을 수도 있는 분이시다. 그러니까 빨리 문을 열어라."

"아니, 행색을 보아하니 지나가는 나그네 같은데 어디서 사헌부 감찰을 사칭하시오. 우리한테 맞아 터지기 전에 썩 물러가시오."

문지기는 초췌한 견음의 행색을 보니 감찰을 사칭하고 있는 것이라 생각하고 더더욱 문을 열어 주지 않으려 했다. 그러자 중철이 다가가서 견음에게 속삭였다.

"그러게 감찰이면 감찰답게 맞는 옷을 입으셔야지, 끝까지 흰 옷을 고집해가지고 왜 사태를 이 지경으로 만듭니까?"

"중철아, 나한테는 교지가 있느니라. 뭐가 걱정인 게야."

"나리, 나리가 봐도 감찰이라고 하기에는 좀 거시기 하지 않습 니까? 말 네 마리에 사람은 네 명뿐이고 행색은 초라하니 나리 를 길 가는 나그네로 보지 누가 사헌부에서 보낸 감찰로 보겠습 니까?"

"현태야, 나한테 다 생각이 있느니라."

견음은 잠시 생각한 후 작정을 하고 문지기 쪽으로 다가갔다. 물러가지 않고 작정을 하고 다가온 견음 일행을 보자 문지기들 은 그들을 쏘아보았다.

"뭐야, 당신들 아직도 안 갔어? 정신을 못 차렸구먼."

"나중에 후회하기 싫거든 지금 좋은 말 할 때 문을 열거라. 열지 않으면 자네들 크게 다쳐도 내 책임지지 않을 게야."

"당신들 지금 장난하쇼. 꼴을 보아하니 싸움도 못 하게 생겼구먼. 당신이나 우리한테 맞고 후회하지 마쇼."

문지기들이 비웃으면서 말을 끝마치는 순간 '퍽 퍽' 하는 소리가 났고 동래성 문을 지키던 문지기들이 차례로 쓰러졌다. 견음이 달려들어 오른쪽에 있던 병사를 발차기로 제압하고 왼쪽에 있던 병사마저 가지고 있던 막대기로 복부를 가격해서 쓰러뜨렸다.

"얘들아, 가자."

"나리, 뒷감당은 어떻게 하실 겁니까?"

"뒷감당은 뭔 필요가 있어. 날이 밝으면 내가 누구인지 다 알 것인데, 그러면 다 자연히 해결될 일이야."

견음이 무력으로 문지기들을 제압하고 동래성으로 들어오자 중철과 현태는 한편으로는 불안감을 느꼈고, 한편으로는 견음의 무술 실력에 감탄을 했다. 그런데 현태는 견음에게 한 가지 궁금증이 생겼다. 견음의 무술 실력을 봐서는 무과가 더 어울리는데 문과 급제를 한 것이 이해가 가지 않았다.

"근데 나리. 나리는 왜 문과를 보셨습니까? 좀 전에 본 무술 실력을 보아하니 무과 시험을 봤어도 장원 급제를 했을 거 같은데요. 그나저나 규장각에서는 몸이 근질근질할 텐데 어떻게 버텼습니까?"

"이놈, 현태야. 원래 이 몸은 문과에 뜻이 있었느니라. 또한 돌아가신 아버지의 소원이 문과 급제하는 아들을 보는 것이었다."

이렇게 이야기를 하다 보니 어느새 견음 일행은 동래부 동헌 부근 자신의 집 앞까지 왔다. 오랜만에 집으로 들어온 견음은 오랜 여행으로 피곤해서인지 여장을 풀 새도 없이 이내 곯아떨어졌다. 견음이 달콤한 잠을 자고 일어난 뒤 정신을 차려보니 밖에서는 소란스러운 소리가 들렸다. 소리를 들은 견음은 소란스러운 곳으로 발걸음을 올렸다. 거기에는 어젯밤 자신이 때려눕힌 문지기들과 동래부 정 이방이 있었다.

"이방 나리. 저기 저놈들입니다요. 어제 저희들을 때려눕히고 성안으로 들어온 놈들이 저놈들입니다요."

견음의 얼굴을 보자마자 문지기들은 정 이방에게 지난밤 동래성 문 앞에서 자신을 때려눕힌 사람이라고 말했다. 그런 문지기들의 고발에도 견음은 아무런 반응 없이 정 이방에게로 가서 반가움을 표시했다.

"아이고 형님. 오랜만입니다. 그간 잘 지내셨습니까?"

"견음. 오랜만이네. 자네가 감찰로 온다는 소식은 들었네만. 어젯밤에 우리 병사들을 때려눕힌 게 사실인가?"

"형님, 그게 저놈들이 제가 감찰이라는 것을 안 믿어서 본때를 보여준 것입니다. 제 성격 아시지 않습니까?"

견음은 지난밤에 자신이 감찰이라고 말했지만 저들이 안 믿었고, 그래서 하는 수 없이 때렸다고 말을 했다.

"하하하. 자네 변한 게 하나도 없구먼. 어린 시절 서당에서 글공부를 할 때도 그러지 않았나. 훈장님 댁 돌쇠가 자네한테 많이 당했지 아마."

"그랬었지요. 지각하기 싫어 담을 넘는 나를 막아서느라 고생 깨나 한 거로 알고 있습니다. 하하하."

정 이방과 견음은 어린 시절 서당에서 같이 공부를 하던 사이였다. 당시 모범생이었던 정 이방과는 반대로 견음은 소문난 꼴통이었다. 하루가 멀다하고 지각을 하고 그래서 그 시절의 추억이 많았던 것이고, 오랜만에 만난 정 이방과 견음이 어린 시절을 추억하며 웃었던 것이다. 옛 추억을 떠올리며 웃던 정 이방은 두 병사를 보며 말했다.

"이놈들아, 네놈들은 상대를 골라도 잘못 골랐느니라. 견음이 살살해서 그렇지 제대로 쳤으면 네놈들은 뼈도 못 추렸다. 그러니 운이 좋은 줄 알거라. 그리고 이분은 감찰이 맞느니라. 그러니 이분께 사과하거라."

"감찰 나리, 소인들이 잘못했습니다요. 어떤 벌이든 달게 받겠습니다."

"아니야. 자네들의 임무는 밤 시간 성 안팎으로 드나드는 사람들을 통제하는 것 아닌가. 그런 면에서는 자네들은 맡은 임무를 다한 것이네. 오히려 잘못은 자네들을 때려눕힌 내가 했지. 그러니 사과를 하려면 내가 사과하는 것이 맞는 것이야. 내가 지난밤의 일은 잘못했네. 사과하네. 내 사과 받아주겠는가?"

"그러지 마십시오, 나리. 사과라니요. 당치도 않은 말씀입니다. 그나저나 저희들을 용서해 주어서 감사합니다."

사실 지난밤 잘못은 견음이 한 것이나 마찬가지였다. 성문을 지키던 문지기들은 규정대로 했을 뿐이었다. 그러니 견음에게 맞은 저들이 억울할 수밖에 없었다. 이런 것을 알기에 견음도 잘못한 것은 자신이라 인정을 한 것이다. 그래서 견음은 따로 문책을 하지 않은 것이다. 이것으로 지난밤에 벌인 소동은 마무리되었다. 이제부터 감찰로서 견음의 생활이 시작된다.

프롤로그. 견읍, 동래 감찰이 되다 / 5

사건 1. 부산진 앞바다의 시체 / 27

사건 2. 기장 현감과 공인(貢人) / 57

사건 3. 울산 동헌의 울음소리 / 95

사건 4. 사라진 강 진사 / 145

작가의 말 / 197

사건 1.

부산진
앞바다의
시체

정조 8년 3월 어느 날 견음은 공방을 찾았다. 견음이 공방을 찾은 목적은 자신이 새로 주문한 칼을 찾기 위해서였다. 견음은 동래에 올 때 자신의 칼을 가지고 왔지만 경상 좌수영에서 무예 시합을 하다 칼이 부러져버렸다. 그래서 공방에 칼 두 자루를 주문했던 것이다. 견음이 공방에 도착하니 그의 죽마고우인 동신도 무슨 일이 있는지 공방에 와 있었다.

동신으로 말하면 견음과는 어릴 적부터 같이 뛰어놀고 공부를 하던 친구이자 동래와 이웃 부산포에서 '화타의 재림'이라는 말을 듣는 명의로 소문이 자자했다. 때문에 의원으로 사용되는 그의 집에는 환자들이 줄을 서서 기다릴 정도였다. 이런 실력에도 그의 5대조 할아버지가 소현세자와 가까운 사이였기에 조정의 부름을 받지 못했던 것이다. 여기에 정치적으로 엮이는 것을 극도로 싫어하는 동신의 성격상 조정의 부름을 받았다고 해도 정중히 거절했을 것이다. 실제로 견음이 어의로 써줄 것을 정조에게 건의하겠다고 했지만, 동신이 거절한 적이 있었다.

"동신, 이른 아침부터 공방에는 웬일인가? 오늘은 아픈 사람이 한 명도 없나 보군."

"아픈 사람이 없는 것이 아니라 며칠 전 이 공방에서 주문한 침을 찾으러 왔다네. 그런 견음 자네는?"

"내가 칼을 두 자루 새로 주문했는데 찾으러 왔지. 한데 이 공방에서도 침을 만드는가?"

"이 공방이 여기서는 침을 제일 잘 만드네. 그래서 내가 주문을 하는 것 아닌가. 하하."

"그래, 그럼 물건을 찾으러 가세."

견음과 동신은 공방 안으로 들어가서 자신들이 주문한 칼과 침을 찾아서 밖으로 나왔다. 밖으로 나와 햇살에 비친 자신의 칼날을 본 견음은 이 공방의 솜씨에 감탄을 했다.

"정말 잘 만들었군. 날이 제대로 선 것이 마음에 쏙 들어."

"견음 자네 그렇게 좋은가?"

"그렇다네. 그건 그렇고 자네가 주문한 침을 내가 좀 봐도 되겠는가?"

"그럼 봐도 되지."

동신은 보자기에 싸인 침을 견음에게 보여주었고 견음은 보자기를 풀어 가장 큰 침을 뽑아 비춰보았다.

"내가 보기에는 잘 만든 것 같은데……. 자네 마음에도 드는가?"

"내가 여기서 침을 주문한 것이 5년은 넘었지. 내가 마음에
안 들면 5년씩이나 주문을 하겠나?"

"하긴 자네 성격에는 못 참지. 하하."


견음과 동신은 서로의 물건에 만족하며 큰 소리로 웃었다. 견
음과 동신이 웃고 있는 사이 공방 밖에서 중철이 동래 부사의
부관인 박 군관과 뛰어오고 있었다.

"나리, 여기 계셨군요. 동래부 관아의 박 군관이 나리를 급히
찾는다고 해서 예까지 모시고 왔습니다."

"그래? 박 군관 자네는 왜 나를 찾는가?"

중철에게 같이 온 박 군관이 자신을 급히 찾는다는 말을 들
은 견음은 의아해했다. 큰일이 났다면 동래부 관아에 가서 동
래 부사에게 보고하면 되는 일이었다. 이런 이유로 자신을 찾을
이유가 없다고 생각을 했다.

"아이고 나리, 큰일 났습니다요."

"큰일이 났다면 자네가 모시고 있는 동래 부사에게 갈 일이지
여기까지 왜 왔는가?"

"실은 저희 부사께서 나리를 찾습니다요."

"무슨 일로 나를 찾는 겐가?"

"엿새 전 부산진 앞바다에서 역관 박동규의 시신이 발견되었습니다요. 한데 지금까지 범인에 대한 단서조차 잡을 수 없어서 부사께서도 고민이 이만저만이 아닙니다요. 그래서 나리를 모시고 오라고 명을 내렸습니다요."

얼마 전 부산포에서 역관으로 있는 박동규가 실종된 사건이 있었다. 박동규는 동래에서는 유명한 역관이었다. 동규보다 왜의 말을 잘하는 사람은 없었다. 그렇기에 다른 역관들보다 많은 부를 쌓았던 것이다. 이런 이유로 다른 역관들은 박동규를 시기했었다. 그러던 어느 날 밤 박동규는 집을 나섰다가 실종이 되었고, 엿새 전에 부산진 앞바다에서 그의 시신이 떠올랐던 것이다.

"그런가? 그러면 내가 가서 보지. 아 참, 여기 동신도 함께 하면 되겠는가?"

"동신 나리라면 그 '화타의 재림'이라는 명의 아닙니까? 당연히 같이 가셔야죠."

그렇게 견음과 동신은 말을 타고 10리 길을 달려 동래부 관아에 도착해서 부사와 대면하게 된다.

"박 군관, 모시고 왔는가?"

"예, 부사 나리. 여기 모시고 왔습니다요."

"오랜만입니다. 부사 나리. 그간 잘 지내셨습니까?"

"나야 그렇지 뭐. 그나저나 오랜만이야, 견음. 우리가 마지막으로 본 게 아마도 5년 전 내가 이조에서 근무할 때였지."

동래 부사는 견음의 성균관 시절 스승이었다. 스승인 동래 부사가 보기엔 견음은 성적이 좋은 유생이었다. 하지만 단 한 가지 우려되는 부분도 있었다. 그것은 바로 견음이 자주 성균관 담을 넘어 기생집에 출입하곤 했던 것이다. 이런 것을 당시 임금인 영조가 안다면 귀양을 가는 것이 불을 보듯 뻔했다. 그럼에도 불구하고 견음은 어떠한 징계도 받지 않았다. 이는 동래 부사가 알고도 모르는 척해줬기 때문이다. 물론 이는 견음의 성적이 좋았기에 가능한 것이었다.

하지만 꼬리가 길면 밟히는 법, 견음은 눈치채지 못했지만 세손이었던 정조에게 발각된 것이다. 바로 이때가 정조가 견음에게 말한 '세손 시절 담을 넘어 기생집에 출입을 했다.'는 사실을 알던 때이다. 그럼에도 정조는 견음이 기득권 세력과는 거리가 멀고 능력이 뛰어나기에 모른 척했던 것이다. 그런 것도 모르고 견음은 규장각 시절에도 자주 담을 넘어 기생집에 출입을 했던 것이다.

동래 감찰로 가기 전 정조와 독대를 하던 날, 견음은 정조에게 들었던 말이 있었다. 그때 정조가 했던 말이 "동래 부사가 아니었다면 자네는 이미 죽은 목숨일 것이다. 그러니 동래 부사를 만나거든 고맙다고 말하라."였다. 이 말을 들은 견음은 동래 부사를 만나면 고맙다는 말을 전하고 싶었고 바로 오늘 기회가 온 것이다.

"네, 그때 나리에게 많은 도움을 받았죠. 정말 고마웠습니다. 그래서 제가 한걸음에 달려온 것입니다."

"그래? 그동안 못다 한 이야기는 나중에 하고 사건 먼저 해결하세."

"그래야죠."

"견음. 박 군관에게 들었겠지만 시신 주인은 박동규라네. 박동규는 부산포 왜관의 역관 중 최고 책임자라네."

"저도 박동규에 대해서는 익히 들어서 잘 알고 있사옵니다. 소싯적 저도 그에게 왜의 말을 배우기도 했습니다."

견음이 열다섯 살이 되던 해 견음은 동규의 집을 찾아가 왜의 말을 배우고 싶다고 한 적이 있었다. 하지만 동규는 견음에게 왜의 말을 가르쳐주는 것을 주저했다. 견음의 성격을 익히 아는 동규로서는 견음이 왜의 속어를 듣고 그들과 싸워서 문제가 생길까 두려워했기 때문이다. 그도 그럴 것이 견음은 여러 차례 왜인들을 때려눕히고 다리를 부러트리는 등의 큰 소란을 피워서 소문이 난 적이 있었기 때문이다.

하지만 견음이 포기하지 않고 배우고 싶다고 하자 하는 수 없이 가르쳐 주었다. 물론 아주 기초적인 것만 가르쳐 주는 조건이었다. 이 인연으로 견음은 동규를 알고 있었던 것이다.


"그래. 이제 본론을 얘기하지. 실은 시신이 발견된 지도 엿새가 지났는데 아직도 범인을 못 잡았네. 그래서 내가 자네를 부른 것이라네."

"그렇다면 제가 해결해 보겠습니다. 한데 시신은 검시를 했습니까?"

"그렇다네."

"그렇다면 검시 소견서가 남아 있겠군요. 제가 검시 소견서를 봐도 되겠사옵니까?"

"필요하다면 봐야지."

견음과 동신은 이방이 가지고 온 소견서를 찬찬히 훑어보았다. 소견서에는 머리를 둔기에 맞은 후 오른쪽 복부를 칼에 찔려 죽었다고 적혀 있었다. 복부의 상처는 다섯 군데가 있었고 찔린 상처의 두께가 가늘다고 기록해 놓았다. 이를 분석해 본 결과 사용된 흉기가 왜인들이 사용하는 칼이라고 적혀 있었다. 그런데 이를 본 동신의 표정이 심각해 보였다. 뭔가 이상한 점을 발견한 것이다.

"자네, 이걸 보게. 여기 칼에 찔린 상처 두께가 1푼 반이야. 뭔가 이상한 것 같지 않나?"

동신의 말을 들은 견음이 검시 보고서를 보니 확실히 이상한 점이 있었다. 칼의 두께가 1푼 반이 되는 것은 왜의 칼에는 없었다. 이 정도의 두께라면 조선의 칼이 분명했다.

"그렇군. 이런 상처는 왜인들이 사용하는 칼로는 나올 수 없는 상처라네. 이건 조선의 칼에서만 나올 수 있는 자국이지. 그리고 박동규 살해에 사용된 칼은 장검이 아니라 단도야. 만일 장검으로 살해했다면 복부를 찌르는 것보다 목을 내려치는 것이 더 수월했겠지."

평소에 무예에 관심이 많은 견음은 동신의 말을 듣고 생각해보니 장검은 베기에 최적화된 것이지 찌르기에 최적화된 것이 아니었다. 따라서 박동규의 복부에 난 찔린 상처는 장검을 사용할 때는 생길 수가 없는 것이다.

"맞네. 장검으로 복부를 찔렀다면 박동규의 복부에 난 것과 같은 상처는 나오지가 않지. 바로 이것이 내가 재검을 해야 되는 이유네. 자네. 부사께 청을 해주게."

그래서 견음은 부사에게 동신으로 하여금 재검시를 하는 것을 간청했고, 부사도 동래에서 '화타의 재림'이라 불리는 '명의' 농신의 능력을 익히 알고 있었던 터라 흔쾌히 허락했다. 부사의 허락이 떨어진 후 검시실에서 동신은 견음에게서 받은 돋보기를 안경에 끼운 후 검시를 시작했다. 동신이 재검시를 시작한 얼마 후 소리를 쳤다.

"찾았네."

"무얼 말인가?"

"견음 여기 보게. 복부 상단에 난 상처. 자세히 보면, 최상단과 바로 한 치 밑을 보면 두께가 다르지 않나."

"정말로 가늘군. 이것이 무얼 뜻하는 건가."

"그렇다네. 최상단에 난 상처, 이것은 칼로 찌를 때의 상처가 아니라 칼을 뺄 때 난 거라네. 그리고 두께가 1푼 반. 이런 상처는 왜인들의 칼에서는 나올 수 없는 상처야. 오직 조선 칼에서만 나올 수 있는 상처지."

"박 군관, 내가 부탁했던 것을 가져오게."

잠시 후 박 군관은 칼 몇 자루를 들고 들어와서 분류를 해 놓았다.


"견음, 여기 보게. 왼쪽에 있는 것들은 조선 사람들이 쓰는 칼이라네. 짧은 것 두 개는 부엌에서 쓰는 것이고 긴 것은 무관들이 쓰는 것이라네. 오른쪽에 있는 것들은 왜인들이 쓰는 칼이지. 역시 짧은 것은 부엌에서 쓰고, 긴 것은 무관들이 쓰는 것이라네. 이것들은 왜관에 가면 흔히 볼 수 있는 것이지. 자네도 조선의 칼과 왜의 칼을 보면 알겠지만 왜의 칼은 조선의 칼에 비해 훨씬 두꺼워."

견음은 동신이 보여준 두 칼을 자세히 살펴보았다. 견음이 살펴보니 칼날과 칼등 모두의 두께가 조선의 것이 왜의 것보다 얇았다.

"동신 자네 말이 맞아. 박동규의 시신에 있는 칼로 찌른 흔적은 가늘어. 이것은 박동규를 찌를 때 사용된 칼이 조선에서 사용하는 칼이라는 거지."

"바로 그것이라네. 만일 왜인들이 사용하는 칼이라면 상처가 오히려 두껍지."

"그것이군. 그렇다면 박동규가 왜인들이 아닌 조선인들에게 살해되어 부산진 앞바다에 버려졌다는 것이군. 그렇다면 박동규의 집과 집무실을 수색해봐야겠군."

재검시가 끝난 후 견음과 동신은 동규의 집을 찾아서 수색을 했다. 동규의 집을 한차례 뒤졌지만 단서가 될 수 있는 것이 아무것도 없었다. 그래서 식솔들을 불러 놓고 사건이 일어나던 날 박동규의 행적에 대해서 물어보았다. 동규의 집에는 그의 부인과 외아들 철현, 노비 넷이 있었다. 동규가 부인과 노비들에게는 급히 나가야겠다고 말한 것이 전부였으나 오직 철현에게는 왜관에 급한 일이 있어서 간다고 말을 했다.

"자네 부친의 사건 당일 모습을 말해 줄 수 있겠나?"

"그날 밤 왜관의 역관 소태 나리가 찾아왔습지요. 소태 나리는 왜관에 변고가 생겼다며 같이 가주서야겠다고 말했습니다요."

"그리고는 자네 부친이 급히 나간 겐가."

"그렇습니다요. 소태 나리랑 같이 나갔습니다요."

견음은 동규의 아들 철현의 말을 통해 사건이 일어났던 날 밤 동규가 소태와 같이 왜관에 갔다는 사실을 확인했다. 그렇다면 사건의 단서는 왜관에 있는 것이 분명해 보였다. 그리고 이전에도 동규가 왜관에 변고가 있을 시 밤에 자주 나갔는지 철현에게 물어보았다.

"자네 부친은 이전에도 왜관에 변고가 있으면 늦은 밤이라도 집을 나와 왜관엘 갔었는가?"

"저희 아버지께서는 이전에도 그랬습니다."

"알겠네. 그렇다는 것은 단서는 왜관에 있겠군. 동신, 왜관으로 가 보세."


부산포 왜관은 동규의 집과는 5리(약 2㎞) 정도 떨어져 있었다. 왜관에 도착하자마자 동규의 집무실부터 찾아가서 샅샅이 수색했다. 동규의 집무실에는 각종 책과 문서 장부들이 가득했다. 이것을 수색하던 중 견음은 장부 한 권의 앞부분이 뜯긴 것을 발견했다. 견음의 생각에는 이 장부의 뜯긴 앞부분이 사건을 푸는 단서라고 생각했다.

"동신, 여기 보게나, 이 장부 앞부분이 뜯겨 나간 흔적이 있네. 아마도 범인은 이것 때문에 동규를 죽인 것 같은데."

"내 생각도 자네와 같네. 뜯긴 장부의 조각만 찾는다면 사건이 해결되겠군."

"그렇다네. 지금부터 우리가 찾아야 하네."

하지만 동규의 집무실을 샅샅이 뒤졌지만 어디에도 뜯긴 조각을 찾을 수 없었다. 왜관 본부도 수색했지만 그 어디서도 뜯긴 장부 조각은 찾을 수가 없었다. 이때 한 남자가 자신이 사건 당일 동규를 보았다며 견음을 찾아왔다. 견음은 이 남자로부터 무언가를 얻기 위해 사건에 대해 물어보았다.

"자네 이름은 어떻게 되나?"

"소인 송창엽이라고 하옵니다."

"그날 밤 자네가 박동규를 보았다고 했지? 자네가 본 것을 하나도 빠짐없이 말하게. 만에 하나 내게 거짓을 말했다간 자네 목부터 날아갈 것이야. 알겠는가?"

"소인 누구 앞이라고 거짓을 말하겠습니까요. 그러니까 3월 3일 밤이었습니다요. 소인이 왜관 일을 끝내고 자성대 남문 앞을 지나는 길이었습니다요. 그때 남문 근처에서 박 역관 나리와 두 명의 사내가 같이 있는 것을 보았습니다요."

"그래? 그럼 동규와 같이 있었던 사내의 얼굴을 보았느냐?"

"그것이 말입니다요. 소태 나리와 정식 나리였습니다요."

"자네 제대로 보았는가?"

"소인 뉘 앞이라고 거짓을 고하겠습니까요. 그리고 그것은 당일 번을 섰던 문지기에게 물어보면 알 것입니다요. 지금 번을 서는 문지기가 그들입니다."

"알겠네. 중철이 어디 있나?"

"예, 나리. 여기 있습니다."

"지금 문지기들에게 가서 3월 3일 밤 송창엽이 왜관을 출입했는지 물어봐라!"

"알겠습니다. 나리."

창엽의 말을 들은 견음은 중철을 시켜 문지기에게 사건 당일 밤 왜관 문을 나선 시간을 알아보게 했다. 문지기에게 갔던 중철은 이각이 지난 후 장부 하나를 들고 나타났다. 중철이 들고 온 장부는 왜관의 출입부였고, 사건 당일의 출입부를 보니 사건이 일어났다고 추정이 되는 시각 소태와 정식, 그리고 창엽이 왜관에서 나간 것으로 기록되어 있었다.

"나리, 문지기에게 확인해 본 결과 이자가 한 말이 사실이었습니다. 그리고 이 장부가 이자의 말을 뒷받침합니다."

"출입부를 확인해 보니 창엽이 자네의 말이 맞는군. 소중한 증언을 해줘서 고맙네."

"아닙니다, 나리. 소인이 해야 될 일을 한 것뿐입니다."

"여보게! 동신, 소태와 정식의 집무실을 수색해 봐야겠네."

“알았네.”

“그리고 현태와 중철이는 자성대 남문으로 가서 3월 2일 밤 번을 섰던 문지기에게 박동규, 소태, 정식, 송창엽을 본 적이 있는지 알아보라.”

“알겠습니다. 나리.”

창엽의 증언을 확인한 견음과 동신은 현태와 중철이 자성대 남문으로 가자마자 소태와 정식의 집무실을 샅샅이 수색했다. 이들은 집무실을 같이 쓰고 있었다. 이들의 집무실에 들어가 보니 벽은 도배를 새로 한 지 얼마 안 되어서인지 깨끗해 보였다. 하지만 소태가 쓰는 벽장 옆에 있는 부분은 때가 많이 묻은 것으로 보아 새로 하지 않은 것 같았다. 이를 이상하게 여긴 견음은 종이를 뜯어보았고 그 뒤에는 조그마한 공간이 있었다. 견음이 이 공간에 손을 넣어 보니 무언가 잡히는 것이 있었다.

견음이 벽에 숨겨둔 물건을 꺼내 보니 삼베로 싸여 있었다. 삼베로 싼 부분을 풀어 보니 칼이 나왔고, 칼에는 검붉은 것이 묻어 있었다. 이를 본 견음은 빙그레 웃으며 동신에게 말했다.

“동신, 자네가 보기에는 이 붉은 것이 뭐로 보이는가?”

“고추장은 아닌 것 같고, 자세히 보니 비린내가 나는 것이 피

같은데."

"그래 피야. 그런데 말이야, 칼에 묻은 피가 짐승의 피라면 삼베에 싸서 숨겨 놓을 필요가 있었을까?"

"그렇지는 않을 걸세."

"그렇다는 것은 사람의 피라는 거지."

이렇게 견음과 동신은 소태와 정식의 집무실에서 이번 사건에 쓰인 것으로 보이는 칼을 찾은 것이다. 그리고 날의 두께를 보니 한 푼 반이었다. 정확히 동규의 몸에 난 상처와 일치하는 것이었다.

견음과 동신이 칼을 찾았을 때 자성대 남문으로 간 중철과 현태는 남자 둘을 데리고 왔다.

"나리. 3월 3일 밤 번을 섰던 자성대 남문 문지기들을 데리고 왔습니다."

"그래, 수고했네."

"자네들 이름이 어떻게 되는가?"

"소인은 박태진이라고 합니다."

"소인은 김은성이라고 합니다."

"자네들 박동규가 사라졌던 날 밤 자성대 남문에서 번을 선 것이 맞는가?"

"소인들이 뉘 앞이라고 거짓을 고하겠습니까? 그날 밤 번을 섰습니다."

"그래? 그렇다면 박동규를 본 적이 있는가?"

"똑똑히 봤습니다."

"그렇다면 박동규 혼자 있었는가?"

"아닙니다. 분명 소태와 정식이 같이 있었습니다."

"음. 그 시간 송창엽이 자네들 앞을 지나갔는가?"

"그렇사옵니다."

"알겠네. 자네들 돌아가도 좋네."

증언을 한 태진과 은성은 자성대로 돌아갔다. 그러고 나서 박 군관과 중철을 따로 불렀다.

"자네들 부산포 관아의 포졸들과 함께 가서 소태와 정식을 체포해서 동래부 관아로 압송해 오게."

"알겠습니다."

이날 밤 박 군관과 중철은 동래부 관아의 포졸들과 함께 부산진의 한 주막에서 소태와 정식을 격투 끝에 체포해서 동래부 관아로 압송해 왔다.


다음 날 오전, 동래부 관아에서는 지난 밤 역관 박동규의 살

인범으로 지목되어 체포된 소태와 정식의 심문이 이뤄지고 있었다. 소태와 정식은 심한 고문으로 이미 지칠 대로 지쳐 있었다.

"소태와 정식. 네놈들이 왜 여기에 끌려와 있는지 네놈들이 잘 알렸다. 네놈들이 역관 박동규를 죽인 것이 맞느냐?"

"부사 나리, 저희들은 억울합니다요. 그날 밤 박 역관 나리를 만난 적은 있지만 죽인 적은 없습니다요."

소태와 정식은 얼굴을 부르르 떨면서 말했다.

"증거가 여기 있는데도 정녕 너희들은 발뺌을 할 것이냐? 여보게 견음, 증거를 이들에게 보여주게."

"내가 들고 있는 이 칼. 네놈들 집무실, 소태의 벽장 아래에서 나온 것이다. 여기 칼을 잘 보거라. 검붉은 것이 묻어 있지. 이 것은 필시 사람의 피야. 그렇지 않고서는 네놈들이 삼베로 만든 천에 싸서 숨길 이유가 없지 않으냐. 또한 역관 박동규의 우측 복부에 난 상처와 이 칼날의 두께가 일치한다. 이래도 발뺌을 할 것이냐?"

그러자 소태가 자신은 모함에 빠졌다며 결백을 주장했다.

"나리, 이건 모함입니다요. 누군가가 소인에게 누명을 씌우기 위해서 제 집무실에 박 역관 나리를 살해한 칼을 갖다 놓은 것입니다요."

"네 이놈, 닥치지 못할까? 우측 복부 위에서 좌측 아래로 난 상처. 이것이 무엇을 뜻하는지 아느냐. 바로 얼굴을 마주 본 상태에서 찔렀다는 것이고, 칼로 찌른 사람이 왼손잡이라는 게야. 내가 조사한 바로는 역관 중에 왼손잡이는 네 놈뿐이다. 그리고 내가 좀 전에 여기 있는 죄인들이 밥 먹는 것을 보았는데 왼손으로 수저를 사용하는 사람은 네놈뿐이었어. 이래도 발뺌을 할 것이냐."

견음의 입에서 왼손잡이라는 말이 나오자 소태는 체념한 듯 고개를 숙이고 죄를 자백했다.

"나리 죽을죄를 지었습니다요."

소태가 자백을 하자 부사는 이를 다시 확인하기 위해 재차 그들에게 물었다.

"소태와 정식이 네놈들이 박동규를 죽인 것이 맞느냐?"

"예. 저희들이 그랬습니다."

"너희 두 놈들 말고 다른 공범은 없다는 말인가?"

"그렇사옵니다. 나리."

"여봐라. 저들을 매우 쳐라. 아직도 정신을 못 차린 게구나. 어디서 거짓을 고하느냐?"

소태와 정식의 거짓말에 화가 난 견음은 포박되어 있던 소태와 정식의 얼굴을 발로 걷어찼다. 그래도 분이 덜 풀렸는지 주먹으로 몇 차례 때리고 나서야 분이 풀렸다.

"여보게 견음, 저들 말고도 범인이 또 있다는 말인가?"

"그렇습니다. 소태와 정식은 하수인에 불과하고 진짜 범인은 따로 있습니다. 여보게 박 군관, 데리고 들어오게."

잠시 후 문이 열리고 건장한 사내 하나가 박 군관에 의해 끌려 나왔다. 부사는 사내의 얼굴을 보자마자 깜짝 놀랐다. 잡혀 온 사람은 부산진 첨사 오주헌이었다.


소태와 정식이 체포된 날 밤.


견음은 피 묻은 칼을 찾은 곳에서 서찰 2개를 찾았다. 서찰은 부산진 첨사 오주헌에게 보내는 것이었다. 서찰의 내용을 보니 이들은 밀거래를 하고 있었고, 최근 이 밀거래가 동규에게 들통이 났던 것이다. 이를 알게 된 동규는 이들을 동래 관아에 넘기려고 했던 것이다. 이렇게 되면 오주헌과 소태, 정식은 체포되어 참수당할 것이 뻔한 것이었다. 그래서 오주헌과 소태, 정식이 짜고 이번 사건을 일으켰던 것이다.

이러한 내막을 안 견음은 동래부 포졸들에게 소태와 정식을 동래부 관아로 압송하라고 지시한 후 중철과 현태를 데리고 부산진 수군 군영으로 들어갔다. 수군 군영으로 간 목적은 물론 부산진 첨사의 집무실을 수색하기 위해서였다. 소태의 집무실에서 부산진 첨사와 주고받은 서찰이 발견된 이상 이번 사건에 부산진 첨사도 관련이 된 것이 확실했다. 하지만 소태의 집무실에서 발견된 서찰만으로는 이들을 한 번에 엮기에는 부족했다. 그래서 확실하게 엮을 증거를 찾으려고 부산진 첨사 집무실을 수색하려는 것이었다. 이런 견음의 생각은 적중했다. 첨사의 집무실 서랍 깊숙한 곳에서 소태, 정식과 주고받은 서찰과 밀거래를 기록한 것으로 보이는 장부를 발견했다.

"이보시오, 부사 나리. 죄 없는 사람을 이리 포박하여 끌고 와도 되는 것입니까. 어서 포박을 풀라 명하소서."

오주헌이 자신의 무고를 주장하며 소리치는 것을 본 견음은 빙그레 웃으며 부사에게 다가가서 말했다.

"나리, 이번 사건의 진짜 범인은 저 앞에 있는 부산진 첨사 오주헌이옵니다."

"자네도 봤다시피 좀 전에 소태와 정식이 박동규를 살해했다고 스스로 자백했지 않은가? 하면 오주헌 저자도 같이 박동규를 살해했단 말인가?"

"아닙니다. 박동규를 살해한 것은 소태와 정식이 둘이서 한 짓입니다. 한데 이 살인을 사주한 사람이 바로 저 앞에 있는 부산진 첨사 오주헌이옵니다."

"견음 네 이놈, 아무 증거도 없이 나를 능멸하려는 게야. 내가 결백하면 네놈은 죽음을 면치 못할 게야."

"그럼 누구 말이 맞는지 지금부터 알아볼까요?"

견음이 빙그레 웃으며 말했다.

"이 앞에 있는 부산진 첨사 오주헌은 부산진 첨사에 부임 후 지속적으로 왜의 대마도와 밀무역을 해왔습니다. 초기에는 왜관에 들키지 않게 해왔다가 우연히 본 박동규에 의해 발각이 되었습니다. 박동규는 오주헌이 밀무역을 하다 다시 한번 발각되면 경상 좌수사에게 고하겠다고 했습니다. 또한 다른 역관들에게도 밀무역을 하다 발각되면 파면할 것이라고 일렀습니다."

"부사 나리, 뭔가 이상하지 않습니까? 왜의 말을 한마디도 못하는 오주헌이 어떻게 밀무역을 할 수 있었을까요? 바로 여기에는 역관 소태와 정식이 있었기에 가능했습니다. 또한 역관 소태와 정식은 평소 박동규와는 여러 가지 문제로 마찰을 빚는 등 사이가 좋지 않았습니다. 이는 제가 왜관에 근무하는 사람들을 조사해서 알아낸 것입니다."

"그리고 지난달 그믐날 밤 결정적인 사건이 터지게 되었습니다. 바로 밀무역을 하던 배가 박동규에게 발각이 된 거죠."

견음이 이번 사건이 일어난 원인과 그 흐름을 말하자 부산진 첨사 오주헌의 얼굴은 점점 일그러져 갔다. 하지만 이대로 가만히 있을 주헌이 아니었기에 자신이 무고하다고 부사에게 소리를 쳤다.

"부사 나리, 지금 견음 저놈이 하는 말은 모두 지어낸 것입니다. 저는 결백합니다. 어서 저놈을 잡아들이시오."

오주헌이 소리를 질러 자신의 결백을 주장하고 견음이 허위 사실을 말한다고 소리쳤지만, 견음은 미동도 하지 않고 차분하게 말했다.

"오 첨사, 내 얘기 아직 안 끝났습니다. 밀무역 배가 발각된 후 박동규는 경상 좌수사에게 오 첨사의 비리를 고하는 서찰을 썼습니다. 물론 저기 있는 오 첨사도 박동규가 좌수사에게 서찰을 썼을 것이라는 것은 알고 있었을 겁니다. 그래서 오 첨사는 서찰이 좌수사에게 가지 못하게 해야 했습니다. 그리고 자신이 밀무역을 했던 증거를 완벽하게 없애기 위해서는 박동규를 죽일 수밖에 없었습니다. 하나, 오 첨사는 자신의 손으로 피를 묻히기는 싫었습니다. 그래서 평소 자신에게 약점이 잡혀 있고, 박동규와 사이가 안 좋았던 정식을 시켜서 죽인 것입니다."

견음은 자신이 수집한 증거를 바탕으로 추리한 후 자신이 가지고 있는 서찰과 장부를 부사에게 보여주었다. 서찰과 장부를 본 부사는 견음을 향해 고개를 끄덕였고 견음은 추리를 이어갔다.

"제가 들고 있는 서찰과 장부, 오 첨사는 무엇인지 알고 계시죠. 장부는 당신의 집무실에서 나온 것이고, 서찰은 소태의 집무실에서 나온 것이오. 서찰에는 오 첨사 당신의 이름이 있어 당신이 쓴 것이 분명할 것이고, 이것과 장부의 필체가 같은 것을 보아하니 오 첨사가 직접 작성한 것 같은데 아닌가요? 참 오 첨사, 장부를 보니 많이도 해 처먹었더군요."

이어 견음이 말했다.

"오 첨사, 반박을 해 보시려거든 반박을 해 보시오. 여기 소태에게 보내는 서찰을 보면 오 첨사의 이름과 서명이 적혀 있으니 당신의 서체라는 것은 분명하죠. 장부의 서체가 비슷하다면 동일인의 것이라고 봐야 할 것 같은데요. 내 말에 틀린 점이 있습니까?"

견음의 추리를 들은 부사는 연신 고개를 끄덕였다. 반면 부산진 첨사 오주헌은 얼굴을 부르르 떨며 이내 견음에게 소리를 쳤다.

"부사 나리, 본인은 결백합니다. 서체는 위조할 수 있는 것이 옵니다. 견음 저놈이 모함을 한 것입니다."

"오 첨사, 아직도 반성을 안 하는군요. 그럼 제가 결정적인 증거를 보여주면 자백을 할 것입니까?"

"오냐, 네놈이 가져온 증거를 보자."

견음은 빙그레 웃으며 동신을 쳐다보고 무언가를 가져오라고 한다. 동신은 자신은 옷소매에서 그것을 꺼내 견음에게 내놓는다.

"오 첨사, 이게 무엇인지 아시오. 박동규가 좌수사에게 썼던 서찰입니다. 그런데 왜 이 서찰이 당신의 집무실에서 나왔습니까? 아마도 이 서찰이 좌수사에게 가서는 안 되는 것이라 그랬 겠죠. 내용을 보아하니 오 첨사 당신의 밀무역에 관한 내용이더 군요."

전날 견음이 집무실에 있는 모든 서랍을 뒤진 뒤 집무실의 바 닥에 못의 색깔이 유난히 다른 곳이 있는 것을 보았다. 바닥의 나무는 다른 곳과 색깔이나 재질이 동일한 것으로 봐서는 따로 교체하지 않은 것 같은데 못은 다른 곳과는 달리 새것으로 박 혀 있었다. 이것을 이상하게 생각한 견음은 그곳을 뜯어서 숨겨 놓았던 박동규의 서찰을 찾은 것이다.

"그리고 또 다른 증거도 있습니다."

견음은 웃으며 천천히 오주헌에게로 다가갔다. 오주헌 앞에 선 견음은 자신의 품에서 단도를 빼내 오주헌의 속옷 옷고름의 바느질한 부분을 뜯어냈다. 그러자 종이 한 장이 나왔다. 견음은 종이를 들고 말했다.

"왜 부산진 첨사 오주헌은 이 종잇조각을 옷고름 안에 숨겨야 했을까요? 그것을 알기 위해서는 종이를 자세히 살펴봐야 합니다. 이 종이에는 어딘가에서 뜯은 흔적이 있습니다. 그렇다면 어디서 뜯었을까요? 바로 박동규의 사무실 안에 있던 한 장부에서 뜯었습니다. 그 증거로 여기 장부가 있습니다."

견음이 박동규의 사무실에서 찾은 장부의 뜯겨 나간 부분과 오주헌의 옷고름에서 찾은 종이의 뜯긴 부분을 합쳐 보니 꼭 들어맞았다. 이것은 오주헌이 이 사건을 청부했다는 명백한 증거가 되었다.

"이 장부는 박동규가 밀무역선에서 압수한 거래 물품을 적은 것입니다. 때문에 장부에는 그 어떠한 제목도 적혀 있지 않습니다. 하지만 앞부분 바로 이 뜯겨 나간 이곳에는 대마도와 오주헌이 밀무역을 하고 있다는 내용이 들어 있습니다."

"그렇군, 장부의 앞부분만 없으면 이 장부가 무슨 장부인지 알 수가 없겠군."

부사가 수염을 쓰다듬으며 말했다.

"그렇습니다, 나리. 때문에 오주헌이 정식을 시켜 뜯어오라고 했던 것입니다."

이때 오주헌이 흐느끼면서 말했다.

"부사 나리, 견음의 말이 모두 맞습니다. 제가 그랬습니다. 박동규만 없어진다면 제가 밀무역을 한 사실이 좌수사까지 보고가 들어가지 않을 것이라 생각했습니다. 또한 영원히 이 사실이 묻힐 거라 생각했습니다."

명백한 증거가 나오니 오주헌은 더 이상 자신의 결백을 주장할 수 없자 자신의 죄를 자백하기 시작했다. 이를 본 견음은 측은한 마음이 들어 오주헌에게 말 한마디를 해 주었다.

"오 첨사. 이 견음이 한마디 하지요. 이 세상에 자신이 지은 죄는 영원히 사라지지 않습니다. 진실은 언젠가는 드러나게 마련입니다. 그러니 아예 범죄에 손을 대지 않았으면 좋았을 것을."

오주헌이 자신의 죄를 고백했으니 견음은 자신이 해야 할 일이 마무리되었다고 생각하고 사건 처리를 부사에게 넘겼다.

"부사 나리, 이제 나리께서 이 사건을 처리하시지요. 저는 이만 물러가겠습니다."

"수고했네, 견음."

사건을 해결한 견음은 동신과 함께 동래로 향했다. 그러던 중 동신이 사건에 의문이 생긴 듯 견음에게 물어보았다.

"견음 자네. 뜯긴 종이, 어떻게 그것이 오주헌의 속옷 옷고름 속에 있다는 것을 알았나?"

"그것 말인가, 생각을 해보면 아주 간단하네. 어제 오주헌의 집무실과 집을 수색했는데 어느 곳에서도 뜯긴 장부가 나오지 않았다는 것을 자네도 알고 있지 않은가?"

"그야 그건 자네한테 들었으니까."

"그렇지. 혹시나 해서 불에 태웠을 것이라 생각해서 화로나 아궁이를 봤는데 종이가 탄 흔적은 없었어. 그래서 생각했지. 숨겼다면 오주헌 자신과 가장 가깝고 안전한 곳에 숨겼을 거라 짐작했다네."

"오주헌과 가장 가까이 있고 안전한 곳이라면……."

"맞네. 바로 자신의 옷이지. 신발이야 방으로 들어가면 벗고, 겉옷도 마찬가지일 것이고. 남는 것이 딱 하나로 속옷이지. 그 속옷에서 옷고름만큼 숨기기 좋은 곳은 없지."

"하하하. 견음 자네를 못 따라가겠군."

"그래서 내가 바로 견음인 게야. 하하하."

이렇게 둘이 대화를 나누는 동안 그들은 동래에 도착했다.

사건 2.

# 기장
# 현감과
# 공인(貢人)

**봄 햇살이** 따뜻한 4월의 어느 날, 견음은 송정에 낚시를 하러 왔다. 하지만 견음은 낚시는 하지 않은 채 정자에서 봄 풍경을 감상하며 시를 한 수 적고 있었다. 봄날의 따스한 햇살이 비치는 오전의 송정을 바라보면서 시 구절이 생각났고 견음은 이 구절을 적고 있었다. 견음이 시를 적고 자화자찬을 하고 있는 사이 중철이 멀리서 뛰어오고 있었다.

"엥, 나리. 여기서 뭐 하십니까? 이 시는 또 뭐고. 나리, 낚시하러 송정에 온 것 아닙니까? 그나저나 고기는 많이 잡으셨습니까?"

중철은 견음이 얼마나 고기를 많이 잡았는지 보려고 정자 밑에 있는 광주리 쪽으로 갔다. 애당초 중철은 견음이 많이 잡는 것을 기대하지도 않았다. 다만 몇 마리라도 잡았을 거라고 생각을 했다. 그런데 견음의 광주리에는 물고기가 한 마리도 없이 텅텅 비어 있었다.

"엥 뭐야, 아무것도 없잖아. 아니 새벽에 낚시하러 나간다고 한 것 같은데 여태껏 한 마리도 못 잡았단 말입니까? 나리, 정말로 낚시를 하러 온 것 맞습니까? 아니면 낚시에 소질이 없는 것 아닙니까?"

중철의 말을 들은 견음은 정자 끝으로 다가와 웃는 모습으로 자신을 못마땅해하는 중철에게 한마디 말을 했다.

"이놈 중철아, 내가 한 마리도 못 잡았을 것 같으냐. 하나 내가 잡은 것이 다 어린 놈이라 다 풀어준 것이니라. 너도 알다시피 어린 놈은 먹을 것이 없지 않느냐."

"나리. 그걸 저보고 믿으라고 하는 말입니까? 딱 보아하니 어린 놈은커녕 아예 한 마리도 못 잡은 것 같구먼. 여기 그냥 놀러 와서 시나 쓰러 온 것 아닙니까?"

"낚시하러 온 것은 맞느니라. 고기가 안 잡히는 걸 나보고 어쩌란 말이냐. 그리고 이런 좋은 경치를 보고 내가 그냥 지나치지 못하는 것은 너도 잘 알지 않느냐. 그건 그렇고 중철이 네 놈만 온 게냐. 현태는 어디 갔느냐? 또 낮부터 술 마시고 있는 게냐."

견음과 중철이 말을 주고받고 하는 사이 저 멀리 현태가 낯선 남자 하나와 급히 뛰어오고 있었다. 현태와 같이 뛰어오는 남자는 한 눈에 보아도 무슨 사연이 있어서 견음에게 오는 것이 분명해 보였다.

"현태야, 무슨 일이 있는 거 맞지. 급히 뛰어오는 것을 보니 분명히 그러해 보이는데. 그나저나 옆에 있는 남자는 아는 사람이냐?"

현태는 급히 뛰어오느라 차오르는 숨을 고르며 천천히 입을 열었다.

"소인이 잘 아는 사람이 아니옵고 나리를 만나기를 청한다기에 여기까지 데리고 온 것입니다."

"날 만나기를 원한다니 일단은 이야기는 들어보세. 그래, 날 만나서 할 이야기라는 것이 무엇이오?"

견음이 남자에게 묻자 남자는 당황하는 표정을 지으며 주저주저하다가 잠시 생각하더니 입을 열었다.

"나리. 나리가 그 유명하신 견음 나리가 맞으시지요?"

"유명한 건 모르겠지만 내가 견음은 맞네."

견음의 입에서 자신이 '견음'이라는 말이 나오자 남자는 그제야 표정이 풀리며 확신을 가지고 자신의 말을 하기 시작했다.

"저는 기장에 사는 조상준이라는 사람입니다. 기장에서 전하께 보내는 공물인 미역과 다시마를 기장 현감에게 납품하는 일을 하고 있습니다. 제가 미역과 다시마를 어민들로부터 받으면 그것을 선별해 질이 좋은 것만 현감께 납품을 하고 그 대금으로 쌀을 받습니다."

"흠. 그런가? 공인(貢人)이라면 먹고사는 데는 큰 문제가 없는 것 같은데……."

"그런데 작년 새로운 현감이 부임하면서부터 일이 꼬였습니다."

"기장의 일이라면 기장 현감한테 말하면 될 터인데 왜 나에게까지 와서 말하는가? 그런 거라면 현감에게 말하게나."

견음은 웃으며 남자에게 말했다. 견음은 자신 앞에 서 있는 조상준이라는 남자의 의중을 떠보고 있었다. 특히 얼굴에 비치는 표정을 주의 깊게 보고 있었다. 조상준은 예상대로 심각한 표정을 짓고 있었다. 이는 분명 심각한 일임에는 틀림이 없었다. 그래서 견음은 이 사건에 흥미를 가졌고, 사건을 파헤치기 위해 조상준의 이야기를 더 들어보기로 했다.

"나리, 기장 현감에게 가서 해결할 일이라면 제가 나리를 찾아오지도 않았을 겁니다. 이 문제는 기장 현감이 결코 해결할 수 없고 해결할 의지도 가지고 있지 않은 문제라서 그렇습니다."

"그래? 그럼 자네 이야기를 자세히 해 주겠나? 내 자네의 이야기를 들어보고 나서 판단을 하지."

견음은 자신이 예상한 것이 맞았는지 입가에는 알 수 없는 미소를 짓고 있었다. 그러고는 본격적으로 상준의 이야기를 듣기 위해 휴대하고 있던 붓과 조그만 수첩을 꺼내 상준이 이야기하는 것을 적을 준비를 하고 있었다.

"나리도 잘 알다시피 제가 살고 있는 기장에서는 해마다 미역과 다시마를 나라에 공물로 바치고 있습니다. 한데 작년에 부임한 새로운 현감은 제가 납품한 미역과 다시마의 질이 좋지 않다며 받지 않고 있고, 심지어 공영식이라는 놈한테 검사를 받고 가져오라고 합니다. 그런데 제가 분명 공영식이라는 놈한테 준 것은 질이 좋은 것인데 현감한테 가는 것은 질이 나쁜 것입니다. 이것은 분명 공영식 그놈이 현감과 짜고 제가 납품한 것과 질이 안 좋은 것을 바꿔치기해서 현감에게 보여주고 있는 것 같습니다. 그것이 아니라면 제가 납품한 공물이 질이 낮은 것으로 바뀔 리가 없지 않습니까?"

상준의 이야기를 들은 견음은 잠시 턱을 괴며 생각에 잠겼다. 상준의 말만 듣고는 상준이 납품한 것이 질이 좋은 것인지 아닌지 판단할 수 없었다. 때문에 견음으로서는 자신이 직접 눈으로 확인을 해보는 것 외에는 방법이 없었다. 자신의 눈으로 판단하기 위해서는 이 자리에 상품이 있어야만 하는데 상준이 가지고 오지 않았다면 난감한 상황이 발생할 수도 있었다. 그렇게 생각하고 상준의 주위를 둘러본 견음은 상준 옆에 있는 보자기에 묶인 상자를 보았다. 분명 저 보자기 안에는 그 상품이 있을 것이라 생각을 했다. 보자기 안에 상품이 있다면 이 자리에서 바로 눈으로 보고 판단을 할 수 있다는 생각을 했다. 그리고 견음은 상준에게 지금 이 자리에서 상품을 확인할 수 있는지 물었다.

"흠. 꽤나 재미있는 이야기군. 한데 자네가 납품하는 것이 최상품인지 아닌지는 말로만 들어서는 알 수가 없네. 그렇다면 자네가 납품하는 것과 같은 것을 가지고 왔는가? 가지고 왔다면 내가 직접 확인을 해야겠다."

상준은 견음의 입에서 그런 소리가 나오기를 알고 있었다는 듯이 자신 옆에 있는 보자기로 묶은 상자 두 개를 가지고 와서 풀어서 보여주며 말했다.

"나리께서 지금 보고 있는 것이 제가 납품하는 제품입니다. 나리도 보시면 아시겠지만 질은 최상품입니다. 미역과 다시마는 잘 건조되어서 밝은색을 띠는 것들로 고른 것입니다. 이 정도면 어디에 납품을 해도 문제가 되지 않는 것입니다."

상준의 말을 들은 견음은 상준이 가지고 온 미역과 다시마를 꼼꼼하게 살펴보았다. 자신이 보기에도 상품의 질은 좋아 보였다. 그래도 의문이 있는지 현태와 중철을 불러 다시 확인을 했다.

"거기 현태와 중철이 이리 와 보거라. 내가 보기에는 여기 이 자가 가져온 제품의 질이 최상품으로 보이는데 너희들 눈에는 어떻게 보이느냐?"

그러자 현태와 중철은 상준이 가져온 미역과 다시마를 꼼꼼히 살펴봤다. 견음에게 오기 전 미리 상품을 봤던 현태가 먼저 말을 꺼냈다.

"나리, 실은 제가 나리에게 오기 전에 저것을 보았습니다. 분명 저것은 최상품입니다. 전하께 진상해도 문제가 없는 것입니다."

"현태의 말이 맞습니다. 여기 조 서방(상준)이 가져온 것은 의심의 여지가 없는 최상품입니다."

현태와 중철도 상준이 가져온 미역과 다시마가 최상품임을 확인하자 견음은 의심의 눈초리를 거뒀다. 그러고는 이 일을 자신이 해결하기로 마음을 먹고 다시 상준에게 말했다.

"이보게, 조 서방. 자네가 나에게 보여준 것이 최상품이라는 것에는 의심의 여지가 없네. 여기 나와 현태, 중철이 모두 확인을 했네. 한데 조 서방 자네가 현감과 공영식이 같이 있는 데서 보여주면 될 것 같은데, 그렇지 않은가?"

"나리. 저도 직접 보여주고 현감이 받는 것까지 확인은 했지만, 그다음 날에 질이 나쁜 상품을 보여주고는 '어제 납품한 것이 질이 안 좋아 받을 수 없다.'고 하면서 받지를 않습니다. 또 궁하면 공영식이라는 놈한테 물건을 사서 납품하라는 말까지 했습니다."

이어 상준이 말했다.

"그리고 저희 같은 놈이 어떻게 현감을 이길 수 있겠습니까. 횡포에 당하지 않으려면 공영식이라는 놈한테 사서 납품할 수밖에 없습니다. 공영식이라는 놈도 물건값의 서너 배를 받고 파니 정말 가난한 사람들에게는 대동미를 더 낼 수밖에 없고, 이것이 부담이 되는 것입니다. 이 때문에 고향을 등지고 도망을 가는 사람들도 많습니다."

상준의 말을 들은 견음은 지난번 주상과 독대한 자리에서 주상이 견음에게 했던 이야기를 떠올리며 눈을 감았다.

정조가 견음을 동래 감찰로 임명한 날 정조는 견음을 따로 불러 독대를 하고 있었다.

"견음. 과인이 왜 자네를 동래 감찰로 보내는지 이유를 아는 가?"

"전하. 신이 어찌 전하의 마음을 알겠나이까. 저는 이유가 무엇인지 도통 모르겠습니다."

사실 견음은 정조가 자신을 동래 감찰로 보낸다는 말을 했을 때 근무 시간에 후원 쪽 담을 넘어 홍주랑 놀아난 것 때문이라 생각했다. 홍주랑 놀아난 것은 정조가 세손 시절부터 알고 있었다고 말하지 않았던가. 이것을 본다면 분명 좌천임이 틀림없다고 생각을 했다. 특히 동래는 도성과는 1,200리 떨어진 곳이라 더더욱 좌천이 분명하다고 생각했다. 하지만 이는 어디까지나 견음의 추측일 뿐 정조의 진짜 의도가 무엇인지는 알지 못했기에 말을 할 수가 없었다. 특히나 좌천이라는 말을 감히 입 밖으로 꺼낼 수가 없었다. 그 말을 꺼냈다가는 견음 자신의 목이 날아갈지도 모를 일이었다.

"견음. 자네는 규장각에서 근무하는 시간에 몰래 빠져나가 홍주랑 놀아난 것에 대해 과인이 내린 벌이라 생각하겠지. 그렇지 않은가?"

"전하, 아니옵니다. 그것은 소인이 잘못한 것이옵니다."

"자네의 잘못을 알고 있기는 하군. 물론 벌이라고 하면 벌이지. 하나 과인은 자네에게 임무를 맡기려고 동래 감찰에 임명한 것이야. 듣자 하니 요즘 공인업자의 횡포가 심하다는 이야기를 과인이 많이 들었다네. 그래서 과인이 도별로 감찰을 보내서 조사를 하려고 하는 게야."

"전하. 소신은 전하의 깊은 뜻을 헤아리지 못했나이다. 죽여주시옵소서."

"그나저나 자네. 죽여 달라는 말은 입 밖으로 꺼내지 말게. 내자네의 뛰어난 능력이 아까워서라도 죽이지는 않을 거야. 그 때문에 자네에게는 따로 부산, 동래, 울산지역 감찰을 맡긴 거야. 그 지역이 중요한 것은 자네도 잘 알지 않은가?"

정조는 도마다 한 명씩 감찰을 보내서 공인의 폐단을 조사하도록 했지만, 유일하게 왜관이 있고 왜관과 가까운 세 곳에는 워낙 횡포가 심하고 공인업자의 수도 많아 그곳만 감찰하는 감찰을 따로 임명했다. 그 담당자가 견음인 것이다.

사실 조선에서는 동래를 아주 중요하게 생각했다. 왜와 무역과 외교를 하는 통로로 활용을 했고, 조선 통신사도 동래에서 잠시 쉬고 옆의 부산포에서 배를 타고 갔다. 또한 대마도가 지척이라 국방상으로도 중요한 곳이었다. 이것을 보더라도 조선에서는 동래는 중요한 곳이었다. 때문에 일반적으로 종3품의 관리가 파견되는 부사직이지만, 동래 부사만은 예외적으로 정3품의 관리를 파견했다. 다른 부(府)보다 1단계 높은 관리를 파견하는 것만으로도 동래의 중요성이 얼마나 강조되는지 알 수가 있는 부분이다.

이러한 것은 견음도 알고 있었기에 '좌천'을 당했다고 섣불리 말할 수가 없는 것이었다.

"전하. 소신은 전하의 명을 받들겠나이다. 동래에 가서 공인들의 횡포를 한 점 의혹 없이 낱낱이 조사하겠나이다."

"그래. 내 자네만 믿겠네. 어서 내려갈 준비를 하게."

견음은 정조에게 인사를 하고 대궐을 나와 동래로 내려갈 준비를 했다. 그리고 잠시나마 정조에게 가졌던 서운함도 풀었다. 정조도 견음 자신을 믿고 임무를 맡겼으니 그 임무에 최선을 다하는 길이 정조의 은혜에 보답하는 길이라 생각했다.


견음은 지난날 정조와 독대한 날을 회상하며 자신이 여기에 온 이유가 무엇인지 다시금 새기며 감았던 눈을 떴다. 그리고는 상준의 눈을 바라보았다.

"자네의 말을 종합해보면 자네는 최상품의 제품을 기장 현감에게 납품을 하는데 다음 날이면 그것이 질이 낮은 제품으로 바뀌어 있다 이 말이군. 이것이 바뀐 것은 공영식이 기장 현감과 짜고 바꿔치기해서 자네에게 보여준다는 말이군. 그리고 자네 같은 사람들은 울며 겨자먹기로 공영식이 파는 물건을 서너 배나 비싼 값에 사서 납품을 한다는 말이군. 당연히 납품으로 받는 대금인 쌀도 못 받는 것이군. 한마디로 현감과 공영식이 백성들의 고혈을 짜낸다는 것인데. 지금까지 한 내 말이 모두 맞는가?"

"그렇습니다, 나리. 제가 나리를 뵙자고 청하고 직접 찾아온 이유가 여기에 있는 것입니다. 나리께서는 이러한 탐관오리들을 적발하고 죗값을 치르게 하는 것에는 한 치의 오차와 한 점의 의혹도 없이 한다는 것을 알고 있습니다."

견음은 잠시 정자 밖으로 보이는 동해 바다를 보면서 상준이 들려준 이야기를 토대로 자신의 생각을 정리했다. 약 2각(약 30분) 정도의 시간이 흐른 뒤 견음은 생각이 정리되었는지 상준이 있는 쪽으로 몸을 돌리며 미소를 지었다.

"조 서방, 자네의 이야기는 잘 들었네. 일단 자네는 물러가 있게. 일단은 내가 자세히 조사를 해 볼 것이야. 그리고 오늘 나에게 했던 이야기는 그 누구에게도 말하면 안 되네. 나를 만난 사실도 포함해서 말이야."

"여부가 있겠습니까. 그나저나 고맙습니다, 나리."

상준과의 이야기가 끝나자 견음은 자신의 집무실이 있는 동래성 안으로 갔다. 그러고는 해시(밤 9~11시)까지 바깥출입을 자제하면서 생각을 정리하고 있었다. 해시가 조금 지난 시각 견음은 생각이 정리가 되었는지 머리를 식히기 위해 방 밖으로 나서 기생집으로 향했다. 견음이 가는 기생집에는 한양에서 데려온 홍주가 있었다. 견음이 홍주를 데리고 온 데에는 홍주와 떨어져 지내기도 싫었지만 견음이 할 수 없는 것을 해결하기 위한 목적도 있었다. 이를테면 일급 비밀을 빼내는 것이 그것이다. 보통 관리들은 자신이 아끼는 기생에게 비밀을 털어놓을 때가 종종 있다. 이를 잘 아는 견음은 동래까지 홍주를 데리고 온 것이다. 기생집에 도착하자마자 견음은 가장 깊숙한 방으로 가서 홍주와 이야기를 시작했다.

"홍주야. 내가 너에게 긴히 할 이야기가 있어서 찾아온 것이다. 내가 부탁을 한 가지 할 터이니 들어주겠느냐?"

"나리, 나리는 제게 은인이십니다. 일전에 나리가 아니었다면 제 억울함도 안 풀렸을 것이고 기생 신분에서도 해방되지 않았을 것입니다. 비록 지금은 보는 눈이 있어 기생집에 있지만 소녀

는 이미 나리를 따르고 있고 나리의 부탁이라면 안 들어줄 이유
가 없습니다."

견음이 규장각에서 근무하던 시절, 견음은 홍주의 억울함을
풀어준 적이 있었다. 이조 판서의 셋째아들이 기생집의 홍주를
간음한 것도 모자라 물건을 훔치고 행패를 부렸을 때 그것을
모두 홍주의 잘못이라 덮어씌웠다. 기생인 홍주로서는 양반집
아들의 행패에 아무 말도 할 수 없었다. 때문에 관가에 심문을
받을 수밖에 없는 상황이었다. 이때 이조 판서와 담판을 지어
사건을 해결하고 홍주의 억울함을 풀어준 것이 견음이었다.

원래 홍주는 기생이 아니었다. 홍주의 부모는 자기 땅을 가지
고 농사를 짓는 양인이었다. 5년 전 가뭄으로 농사를 망쳐 고을
의 박 부잣집에 쌀을 빌렸던 것이 홍주에게는 악몽이 되었다.
박 부자는 빌려 간 쌀의 열 배를 이자로 요구했고, 홍주의 부모
가 갚지 못하자 홍주를 기생집으로 팔아버린 것이다. 이 사건으
로 홍주의 부모님은 화병이 도져 시름시름 앓다가 죽었다. 이런
사연을 안 견음은 홍주가 마음에 들었고(홍주의 미모가 뛰어났음
은 물론이다.), 동래로 오기 전 홍주를 기생 주인으로부터 많은
돈을 주고 사서, 그 뒤 기생 문서를 태워 기생으로부터 해방시

커 준 것이다. 그렇기에 홍주 입장에서는 견음은 은인이었다.

그래서 홍주는 은인인 견음의 청을 들어준 것이다. 홍주가 승낙하자 견음은 홍주에게로 가까이 다가가 귀에 대고 귓속말을 했다.

"홍주야, 날이 밝으면 기장에 있는 기생집으로 가서 기장 현감과 공영식이라는 자와 술자리를 같이하면서 감시하거라. 이들은 전하께 올리는 공물로 장난을 쳐 백성들의 고혈을 짜고 자기들의 배만 불리는 자들이다. 홍주 너는 이들과 술자리를 함께하면서 방 밖으로 한 발자국도 못 나오게 하거라. 그동안 나는 증거를 잡을 것이니라. 그리고 기장의 기생집에는 내가 새로운 기생을 보낸다고 말해두었으니 걱정하지는 말거라."

"나리. 알겠습니다. 이 일은 제게 맡겨주십시오. 이들을 제가 잡고 있을 테니 나리는 증거 잡는 일에 집중하세요."

"그래, 알았다. 내가 또 너에게 신세를 지는구나."

"아니옵니다, 나리. 나리는 저의 신분을 회복시켜 준 은인이십니다. 그런 말을 하지 마셔요."

견음은 홍주가 자신의 계획에 동의하자 남은 술잔을 비우고는 바로 자신의 집으로 갔다.

집에 도착한 견음은 중철과 현태를 불러서 이야기를 했다.

"현태와 중철이. 너희들은 날이 밝는 대로 먼저 기장으로 가거라. 중철이는 기장 장에서 그곳 사람들의 이야기를 들어 보거라. 내일이 기장 장날이니 기장 장에는 사람들이 많이 몰릴 것이고 많은 이야기가 오갈 것이다. 그러니 넌 기장 장에서 장사꾼으로 위장해서 사람들의 이야기를 들어 보거라."

"현태는 조 서방을 만나 공영식에 대한 정보를 모으고 영식이를 감시하거라. 내가 사람 둘을 붙여주겠다."

현태와 중철은 견음의 명령을 듣는 즉시 알겠다고 말했다. 그리고 중철이 무언가 의문이 있어 견음에게 물었다.

"그나저나 나리는 어떻게 하실 것입니까?"

"나는 미시까지 기장에 갈 터이니 그때까지 내가 시킨 일을 하고 있거라. 그리고 중철이는 미시에 주막으로 오고, 현태는 계속 공영식이를 감시하거라."


다음 날 일찍 도착한 현태는 조상준과 만나 영식을 감시하고 있었고, 중철은 기장 시장에서 사람들을 상대로 정보를 모으고 있었다. 중철은 의심을 피하기 위해 물건을 사는 사람처럼 위장하며 기장 시장을 이리저리 둘러보고 있었다. 미시가 되자 견음은 기장 시장에 나타나 중철과 함께 근처 주막으로 향했다.

"중철아. 배도 고프니 주막에 가서 배부터 채우자."

"알겠습니다. 나리."

"그나저나 내가 부탁한 것은 알아보았느냐?"

"시장 사람들한테 들어보니 기장 현감과 공영식에 대한 소문은 예상대로 좋지 않았습니다. 악질 중의 악질이라고들 합니다."

"그래. 일단 저기 주막에 가서 사람들의 이야기를 더 들어보자."

견음과 중철은 근처 주막으로 가서 배를 채우기 위해 주모를 불러 주문했다.

"주모. 여기 국밥 두 그릇 말아주고 술 한 병도 내오시오."

주문이 끝나자 중철은 한심한 듯이 견음을 쳐다보았다. 사실 견음은 전날 밤 기생집에서 홍주와 술을 많이 마셔서 술이 덜 깬 상태였다. 견음은 원래 술이 약하기도 했지만 잘 마시지도 않았다. 그런 견음이 술을 많이 마셨으니 완전히 깨려면 시간이 걸리는 것은 자명한 일이었다.

"아니, 나리. 어젯밤에 그렇게 많이 마시고 또 낮술입니까? 안 그래도 술 안 받는 분이. 나리 그러다가 한 방에 훅 갑니다."

"이놈아. 그럼 주막에 와서 그냥 국밥만 먹느냐. 주막에서는 술이 빠질 수가 없는 것 아니겠느냐. 일단 먹기나 하자."

이윽고 국밥과 술이 나오자 견음과 중철은 국밥을 허겁지겁 먹기 시작했다. 반 정도 먹었을 때 한쪽에서 술 사발을 내리치며 신세 한탄을 하는 소리가 크게 들려왔다. 그 소리를 듣고 중철은 소리친 남자 쪽으로 갔다. 중철이 다가가자 어느 정도 취기가 있는 남자는 이야기를 하기 시작했다.

"우리가 뼈 빠지게 좋은 미역과 다시마를 채취하면 뭐 해. 공인 공가 놈이 물건을 바꿔치기해서 쌀을 한 톨도 받지를 못하는데. 그리고 현감도 한패가 되어서 같이 빼돌리지 않는가?"

"어허, 경한이 자네, 말조심하게. 여기에 보는 눈이 많아. 그러니까 이런 말은 하지 말게. 괜히 자네만 위험해져."

이때 중철이 남자들이 하는 이야기를 듣고 그들에게 다가가서 이야기에 끼어들었다. 그러고는 자신도 그들과 같은 처지라며 한탄을 했다.

"듣자 하니 이곳 기장도 뭐 다를 바가 없어 보입니다. 저는 진영에 사는 허가인데 거기도 공가 놈처럼 공물을 바꿔치기하는 놈이 있습니다. 제가 진영에서 단감 농사를 지어서 공납을 바치는데 관가에서 내 물건을 받아놓고는 다음 날 질이 나쁘다면서 받을 수 없다고 하질 않나. 정 납품하려면 그놈한테 사서 납품하라고 해서 사서 납품을 하는데 가격을 네다섯 배나 비싸게 파니 내가 어찌 할 수가 없었소. 처음 몇 번은 그놈한테 사서 납품을 했지만 내가 돈이 많은 것도 아니고 고리대금업자한테 돈을 빌려서 납품을 하다 보니 빚이 많아지고, 빚이 많아지니 쌀을 살 돈이 있을 리가 있나. 그러니 도저히 견딜 수가 없었소. 그래서 농사를 팽개치고 그곳에서 도망 나온 것 아니오."

"그럼 허가 당신도 공영식 같은 놈을 잘 알겠구려. 이 기장 바닥에서 공가 놈에게 당한 사람이 한둘이 아니오. 그중 몇몇은 자네처럼 도망쳤고."

"경한이의 말이 맞아. 어디 공가 놈한테 당한 사람이 한둘이어야지. 그나마 거느린 식구가 많지 않은 사람은 도망쳤지만 나처럼 늙은 부모와 처자식이 있는 사람은 떠나지도 못한다오."

"그런 머리 아픈 생각은 하지 말고 오늘은 이 허가랑 같이 한잔 하십시다."

"그래, 한잔하세."

그렇게 술이 몇 통이 돌고 난 다음 중철은 견음에게 가서 자신이 좀 전까지 들은 내용을 빠짐없이 이야기했다. 중철의 이야기를 듣고 견음은 한동안 생각에 빠졌는지 하늘만 쳐다봤다. 얼마 후 견음은 생각을 정리했는지 말을 꺼냈다.

"조 서방의 이야기가 거짓이 아니었군. 중철아, 술시에 공가 놈 집에 가서 뭘 좀 찾아보자. 현태가 말하기를 술시에는 공가 놈이 기생집에서 현감을 만난다고 하니 이때가 좋은 기회야."

이윽고 술시가 되자 공영식의 집 근처에 한 무리의 남자들이 모여 있었다. 그 중심에는 견음이 있었다. 이들은 견음이 부른 감찰 소속의 포졸들이었다. 하지만 이들의 복장은 일반인들과 다를 것이 없었다. 그도 그럴 것이 사람들의 시선을 피하기 위해서였다. 모두 모인 것을 확인한 후 견음은 지시를 했다.

"나와 중철이가 먼저 대문으로 가서 그 집 머슴들을 제압할 것이다. 우리가 제압하면 너희들은 따라 들어와서 집 안을 샅샅이 수색하거라. 수상한 것은 먼지 하나라도 놓쳐서는 안 되느니라."

그러고는 견음은 공영식의 집 대문 앞에 가서 소리를 질렀다.

"이리 오너라. 거기 영식이 없느냐?"

"당신은 뉘신데 우리 나리 이름을 함부로 부르는 거요."

"나리 같은 소리 하고 있네. 좋은 말로 할 때 비키는 것이 좋을 거요."

중철이가 기분 나쁜 듯이 하인에게 쏘아보면서 말했다.

"그 당신들 여기가 어딘지 모르는 것 같은데. 이 집 주인이랑 기장 현감이랑 친한 사이요. 함부로 들어오는 곳이 아니란 말이오."

"그래? 나는 사헌부 감찰이다. 은 마패가 보이지 않느냐? 은 마패는 감찰만이 가지고 있는 것은 알고 있겠지."

그러고는 견음이 가지고 있는 막대기로 오른쪽에 있는 남자의 급소를 찔러 단번에 쓰러트렸다. 그와 동시에 중철이 발차기로 왼쪽에 있는 남자를 제압했다. 견음과 중철이 대문을 점령하자 뒤이어 포졸들이 들어와 영식의 집안사람들을 잡아서 마당에 꿇어 앉혀 놓았다. 집안사람 모두가 포박된 것을 확인한 견음은 그들에게 큰 소리로 자신이 여기에 온 목적을 말했다.

"너희들은 잘 듣거라. 나는 사헌부에서 파견된 감찰이다. 내가 듣기에 이 집 주인 공영식이 기장 현감과 짜고 전하께 바치는 공물로 장난을 쳐서 이 고을 백성들의 고혈을 짜낸다고 들었다. 나는 그 소문이 사실인지 확인하러 이 집을 수색하러 나왔다. 그러니 순순히 협조를 하거라."

견음이 소매에서 은 마패를 꺼내 보여 주자 영식 집안의 사람들은 벌벌 떨었다. 방금까지 말로만 감찰이라고 해서 아무 반응도 보이지 않았지만 은 마패를 보니 겁이 났던 것이다. 겁먹은

조선 명탐정 견음

사람들의 모습은 안중에도 없는 듯 견음은 포졸들에게 말했다.

"이 집 안을 샅샅이 수색해라. 사소한 것 하나도 놓쳐서는 안 된다. 중철이 넌 포졸 다섯을 데리고 가서 사랑채와 별채를 샅샅이 수색하거라. 나는 안채를 수색할 것이다. 알겠느냐?"

"예, 나리."

견음은 안채로 들어가 구석구석 샅샅이 수색했다. 하지만 안채에서는 책 몇 권을 빼고는 나온 것이 없었다. 그래서 견음은 증거를 숨겨 놓은 곳이 안채가 아니라고 생각을 했다. 물론 분명한 것은 이 집 안에 증거가 있다는 생각이었다. 그리고 고개를 돌려 중철이 수색하는 쪽을 보았다. 그때 견음과 중철은 눈이 마주쳤고 중철이 무엇을 발견했는지 견음에게 소리를 질렀다.

"나리, 별채로 와 보십시오. 여기 뭔가 이상한 것이 있습니다."

이 말을 듣고 견음은 중철이 있는 별채로 달려갔다. 별채로 달려간 견음은 중철의 이야기를 들었다.

"나리, 이 별채 좀 이상한 것 같지 않습니까?"

"뭐가 이상하더냐?"

"나리, 나리도 별채로 오면서 아궁이가 있는 것을 확인하셨지요. 아궁이가 있으면 분명 구들이 있을 것이고 구들이 있으면 방바닥은 흙과 회를 발라서 만들죠. 그런데 여기 바닥은 나무로 되어 있습니다."

　일반적으로 한옥에 아궁이가 있다는 것은 아궁이를 통해 난방을 하기 위한 목적이다. 난방을 효율적으로 하기 위해서는 회나 황토를 바닥에 바르는 것이 가장 일반적이 방법이다. 그중 황토가 효율이 높다. 그런 면에서 바닥이 나무로 되어 있다는 것은 난방을 하지 않는다는 것이다. 실제로 밀주를 팔아 숨길 때 나무로 된 방바닥 밑에 숨기곤 했다. 특히 막걸리 같은 발효주는 난방이 되면 변하기 때문에 난방을 하지 않는 장소에 보관을 한다.

　"그래. 나도 별채로 오면서 아궁이를 봤지. 한데 아궁이가 있는 곳에 나무 바닥이라. 뭔가 이상하기는 해. 난방을 한다면 바닥이 황토로 되어 있어야 하는데 말이야. 여봐라! 여기 별채의 마룻바닥을 뜯어 보거라."

　견음의 말을 듣자마자 포졸들은 별채의 나무 바닥을 뜯기 시작했다. 나무 바닥을 걷어내니 나무판자로 막은 우물 같은 것이 있었다. 견음이 가서 나무판자를 들어 올리니 지하로 가는 사다리가 있었다. 견음은 여기에 분명 증거가 있을 것이라 확신하고 들어갔다.

　"나는 내려가서 아래를 살필 터이니 중철이 넌 저기 있는 식솔들을 잘 감시하거라. 한 놈도 빠져나가서는 안 된다."

"알겠습니다. 나리."

견음이 지하로 내려가자 자연적으로 생긴 동굴이 있었다. 동굴을 따라 조금 들어가자 두 갈래 길이 있었고 입구에는 두 개의 문이 있었다. 오른쪽 문을 여니 많은 보물들이 나왔다. 견음은 포졸들을 시켜 보물을 밖으로 옮기게 했다. 그러고는 왼쪽 문을 열고 들어갔다. 그곳에는 바꿔치기를 위해 만들다 만 불량 미역, 다시마들과 상자가 널브러져 있었다. 한쪽 구석에는 공영식이 작성한 것으로 보이는 장부와 서찰 몇 개가 발견되었다. 장부는 견음이 직접 챙기고 나머지 증거들은 포졸을 시켜서 밖으로 옮기게 했다.

지하를 다 수색하고 나온 견음은 지하에서 나온 모든 것을 수레에 실으라고 했다. 수레에 실린 물건들은 견음과 함께 기장 관아로 향했다.

한편 영식의 집으로 오기 전 견음은 현태를 따로 만나 보고를 받았다.

"나리, 조금 전에 기장 현감과 공영식이 기생집 안으로 들어갔습니다."

"그래? 둘 말고 동행한 사람은 없었느냐?"

"기장 현감의 수하로 보이는 남자 둘이 같이 들어갔습니다."

"알겠다. 내가 일을 처리할 때까지 감시를 소홀히 해서는 안
된다. 알겠느냐?"

"알겠습니다. 나리."

기장 현감과 영식이 기생집으로 간 것을 확인한 견음은 영식
의 집을 수색해서 증거를 잡았다. 증거품은 수레에 실려 기장
관아로 향했다. 견음은 기장 관아에 가서도 은 마패를 보여주
며 관아를 수색한다고 했다. 기장 관아는 영식의 집보다는 들
어가기가 수월했다. 관아의 사람들이라면 감찰이 어떤 사람인
지 다 알기에 순순히 협조했다.

"잘 들거라. 나는 전하의 명을 받고 사헌부에서 온 감찰 견음
이다. 듣자 하니 기장 현감이 백성들의 고혈을 짜서 백성들의
안위는 나 몰라라 하고 자기 뱃속만 채운다는 말을 들었다. 하
니 내가 그것을 조사하러 나왔으니 너희들은 순순히 협조를 하
거라. 아니면 기장 현감과 같은 죄목으로 죄를 물을 것이야."

"애들아, 샅샅이 수색하거라. 털끝 하나라도 놓쳐서는 안 되느
니라."

견음 일행은 기장 관아를 뒤지기 시작했다. 막상 기장 관아를 뒤졌지만 영식과 연결된 증거는 좀체 나오지 않았다. 그러던 견음은 곰곰이 생각하더니 현감의 집무실로 들어갔다. 집무실을 둘러보던 견음은 한 가지 이상한 점을 발견했다. 현감이 쓰는 책장은 책이 완전히 들어가고도 남을 정도로 폭이 넓었지만 모든 책은 책장 밖으로 삐죽이 나와 있었다. 이것을 이상하게 본 견음은 책 한 권을 들고 책장 밖과 안의 길이를 재기 시작했다. 견음이 측정해 본 결과 책장 안에 무언가가 있다는 것을 알았다. 그러고는 견음은 모든 책을 책장 밖으로 빼냈다. 모든 책을 빼내니 책장 가운데에 손잡이가 발견되었고 그것을 잡아당기니 공간이 나왔다. 거기에 손을 넣은 견음은 서찰과 장부로 보이는 것을 찾았다.

이것을 좀 전에 영식의 집에서 나온 것과 비교해봤다. 영식의 집에서 나온 서찰과 방금 찾은 장부의 글씨를 비교해 보니 일치했다. 이것은 분명히 기장 현감의 글씨리라. 마찬가지로 방금 찾은 서찰과 영식의 집에서 나온 장부를 비교해 보니 서체가 동일인의 것임을 확인했고, 이것이 영식의 글씨임이 틀림없었다. 증거를 확인한 견음은 중철을 불러서 귀에 대고 말했다.

"중철아, 지금 기생집으로 가서 현태와 함께 기장 현감과 공영

식을 체포해 오거라. 둘 다 다쳐서는 안 되느니라. 하나 저항을
한다면 그들을 쳐도 좋다."

"알겠습니다. 나리. 현감과 공영식이를 체포해 오겠습니다."

그 시각 기장 현감과 영식은 기생집에서 홍주와 밀회를 즐기고
있었다. 이것이 견음이 세운 계략이라는 것을 꿈에도 모른 채.

"홍주라고 했던가? 이분 잘 봐 두거라. 이분이 기장 현감이시
다. 그러니 잘 보여야 할 것이다."

"여부가 있겠습니까? 나리."

영식은 홍주에게 기장 현감을 소개시켜주었다. 그러나 이들
이 모르는 것이 하나 있었으니 견음이 미리 기생집 주인을 불러
자신에게 협조를 안 하면 같이 공범으로 체포하겠다고 으름장
을 놓았던 것이다. 물론 감찰을 상징하는 은 마패를 보여주는
것과 함께.

"이보게 영식이, 나야 전하의 명을 받는 벼슬아치에 불과하
네. 전하의 교지가 있으면 바로 이곳을 떠나야 하는 몸이라는
것은 자네도 잘 알지 않은가? 홍주야, 나한테 잘 보여야 할 것
이 아니라 너랑 마주 보고 있는 영식이한테 잘 보여야 할 것이
야. 하하하."

"이분이 그렇게 대단한 분이십니까?"

이미 둘의 정보를 견음으로부터 들은 홍주지만 모르는 척하며 놀라는 연기를 했다. 홍주의 연기력에 출중한 미모까지 더해지니 기장 현감과 영식은 모두 속아 넘어갈 수밖에 없었다.

"여기 있는 영식이가 기장의 공납을 담당하는 사람이다. 공납은 전하께 진상하는 특산품을 납품하는 것이지. 그러니 영식이한테 잘 보여야 하는 게야. 그나저나 영식이 자네 일은 잘 처리했지."

"여부가 있겠습니까. 백성들은 바보들이라 눈치채지 못합니다. 그러니 걱정하지 마시옵소서."

홍주가 눈치채고 있는 것을 꿈에도 생각하지 못한 채 둘은 거나하게 술판을 벌이고 있었다. 술판이 무르익을 때쯤 누군가가 문을 발로 꽝 차며 들어왔다. 그 앞에는 중철과 현태가 있었다. 이를 본 영식이 중철과 현태에게 크게 소리를 질렀다.

"이놈들. 이분이 누군지 아느냐? 이 고을 기장 현감이시다. 어서 예를 갖추지 못할까?"

"어찌 너 같은 놈이 현감이라고 할 수 있느냐. 너 같은 놈한테는 예의를 갖출 이유가 없다. 기장 현감과 공영식은 주상 전하께 납품할 공물로 장난을 친 죄로 이 시간부로 체포한다. 너희들의 죄는 감찰 나리께서 관아에서 직접 밝힐 것이니라. 그러니 순순히 오라를 받아라."

기장 현감은 자신이 데려온 수졸들이 중철과 현태 일행에게 제압당한 것을 모르고 밖에다 대고 소리를 쳤다.

"밖에 누구 없느냐? 어서 이놈들을 잡지 않고 뭐 하느냐?"

그때 포졸 몇 명이 들어와 기장 현감과 기생집으로 같이 왔던 수졸 일행을 체포해서 데리고 왔다.

"기장 현감. 이제는 전 기장 현감이라고 불러야 하나. 어찌하였던 네놈과 같이 왔던 수졸들은 이미 체포되었느니라. 그러니 말로 할 때 그냥 가시죠, 전 현감님. 그리고 영식이도 함께. 안 그러면 몇 대 맞고 가실까요?"


이날 오전.

견음은 기생집 주인인 명화를 찾았다. 명화도 대낮에, 그것도 오전부터 찾아오는 손님이 이상하기는 했지만 돈을 벌기 위해서라면 물불을 가리지 않았기에 견음을 받아 주었던 것이다. 한 가지 오전에 안주를 많이 준비할 수 없다는 것이 걸리기는 했지만 명화는 개의치 않았다.

"나리, 오전에는 안주를 많이 준비할 수가 없는데 괜찮겠습니까?"

"괜찮네. 그런데 자네 이름은 무엇인가?"

"명화라 하옵니다."

"그래 명화야. 내가 긴히 할 이야기가 있느니라. 가까이 오거라."

명화는 아무 의심 없이 견음과 한바탕 즐기기 위해 견음 쪽으로 다가갔다. 그 순간 견음은 명화의 머리채를 잡아당기며 말했다.

"명화라고 했지. 지금부터 나에게 협조를 하지 않으면 저잣거리에 네 목이 걸릴 것이야. 알겠느냐?"

그 순간에도 명화는 견음에게 당당하게 말했다. 이곳은 공영식이 관리하는 곳이었다. 그래서 이 고을에서는 누구도 함부로 할 수가 없었다.

"나리. 여기가 어딘지 알고 행패를 부리시는 것입니까?"

"공영식이 관리하는 곳이란 것은 안다."

"그러면 조용히 즐기다 가시지요."

"내가 조용히는 못 즐기는 성격이라 시끄럽게 해야 될 것 같은데. 그것도 아주 요란하게 말이야."

견음이 조용히 즐길 의향이 없다는 의사를 밝히자 명화는 밖에 있는 사람을 불러 견음을 끌어내려 했다.

"당장 이놈을 끌어내라."

"말해도 소용이 없을 것이다. 내가 대문을 들어서자마자 처리를 했으니. 그럼 내 패도 보여줘야겠군. 들어오너라."

견음이 들어오라고 하자 홍주가 기녀들을 포박하고 들어왔다. 견음에게 무술을 배운 홍주에게 기녀들은 상대가 되지 않았기에 쉽게 제압을 했다.

"나리, 전부 포박했습니다."

"명화야. 이제 사태가 파악이 되느냐? 난 기장 현감과 공영식의 죄를 샅샅이 밝히러 온 감찰 견음이다. 나에게 협조를 하면너의 목숨만은 살려줄 것이다. 그렇지 않는다면 저잣거리에서네 목을 벨 것이다. 그러니 네가 나에게 협조를 할지 하지 않을지는 잘 판단해서 말하거라. 난 네가 판단한 대로 해 줄 것이다. 판단은 네 몫이니라."

견음은 소매에 숨겨둔 은 마패를 명화 앞에 보여 주었다. 은마패를 본 명화의 몸은 벌벌 떨고 있었다.

"나리, 나리가 시키는 것은 무엇이든 하겠습니다."

"그래? 그러면 여기 홍주의 지시에 따르거라. 다시 한번 말하는데 다른 마음은 품지 마라. 알겠느냐?"

"알겠습니다. 나리."

"홍주야, 명화를 데리고 나가서 자기가 해야 할 것을 알려 주거라."

"예, 나리."

홍주는 명화를 끌고 나가서 견음이 일러준 대로 명화가 해야 할 일을 알려 주었다. 이런 상황을 아직도 파악하지 못한 현감은 영식에게 이야기했다.

"뭐라. 네놈들은 나를 풀어주지 않으면 후회할 것이다. 영식아, 어서 처리하지 않고 뭐 하느냐?"

그 순간 현감과 영식은 뒤에서 날아오는 발길질에 머리를 맞고 그 자리에서 쓰러졌다. 뒤에 있던 홍주가 발차기로 두 명의 얼굴을 차례로 공격해서 제압을 했다. 홍주가 무술을 잘하는 것에는 견음으로 인해 자유를 얻었을 때 견음에게 무술을 가르쳐 달라고 졸랐던 것이다. 물론 처음에는 견음은 가르쳐 줄 마음이 없었다. 하지만 미인의 애교에 안 넘어가는 남자가 없듯이 견음도 홍주의 애교에 넘어가 무술을 가르쳐 주었던 것이다. 원래 견음은 호신용으로 가르쳐 주었던 것인데 중요한 순간에 그것이 제대로 발휘된 것이다.


기생집에서 포박을 당한 현감과 영식은 기장 관아로 압송되었다. 기장 관아로 온 기장 현감과 영식은 기장 현감의 자리에 견음이 앉아 있는 것을 보았다. 견음이 자리에서 내려와 압송되어 온 기장 현감과 영식에게 다가갔다.

"기장 현감과 공영식 네놈들의 죄는 네놈들이 잘 알렸다."

"이보게, 견음. 난 아무 죄도 없네. 다 이놈 영식이가 혼자서 다 한 것이야. 그러니까 이것 좀 풀어주고 이야기하세."

기상 현감이 모든 죄를 영식에게 덮어씌우려고 하자 영식도 가만히 있지 않았다. 이는 어찌 보면 당연한 수순이었다.

"감찰 어른, 이런 짓을 어찌 소인 혼자 할 수가 있겠습니까. 다 저 기장 현감이 시켜서 한 것입니다. 소인은 아무 죄가 없습니다."

이미 이런 것을 견음은 예상했는지 아무런 미동도 없었다. 그러고는 소리를 크게 질렀다. 그리고 탁자 위에 있는 종이를 들어 보이며 기장 현감과 영식에게 말했다.

"여기 이 서찰들 보이느냐. 이것은 영식이의 집과 여기서 찾은 것이니라. 서체를 보아하니 네놈들의 글씨체가 확실하던데. 그래도 발뺌을 할 것이냐? 말을 하기 싫으면 내가 말을 해 주겠다."

이어 견음이 말을 이었다.

"여기 네놈들이 볼 때 우측에 있는 것이 여기 기장 관아에서 찾은 것이다. 즉, 기장 현감이 가지고 있던 것이야. 좌측에 있는 것은 영식이 네놈 집에서 찾은 것이니라. 다시 말해 영식이 네 놈이 가지고 있던 것이다."

그러고는 책 하나를 들며 이들 가까이로 가서 보여주었다.

"이것은 네놈들이 거래한 것이 모두 적혀 있는 거래 장부다. 거래 장부와 물건들을 비교해 보니 정확하게 일치하고 서찰의 서체와 비교하니 일치했다. 이 말은 장부를 작성한 사람과 서찰을 쓴 사람이 동일인이라는 것이다. 이것이야말로 확실한 증좌가 아니겠느냐?"

견음이 장부를 보여주자 현감과 영식은 말없이 고개를 숙였다. 속으로는 분한 마음이 들끓고 있었지만 확실한 증거가 나온 이상 어떠한 발뺌도 할 수 없었다. 할 수 있는 것이라고는 형량을 줄여달라는 것밖에는 없었다. 이마저도 상대가 견음이라 통할 리는 없었다.

"현감, 상식적으로 현감 직무를 하면서 이렇게 많은 재산을 모을 수 있다는 게 말이 된다고 생각하시오? 내가 생각하기에는 백성들의 고혈을 짜낸 것이라고밖에는 생각이 안 되는데. 안 그런가요?"

"이보게 견음. 다 내 잘못이네. 저놈 영식의 꾀에 넘어간 내 잘못이네."

아직도 자신의 죄를 반성하지 못하는 현감을 보자 견음은 주먹으로 탁자를 내려치며 소리를 질렀다.

"현감, 아직도 책임을 영식이에게 전가하시려 합니까? 내가 보기에는 전적으로 이번 사건의 책임은 현감에게 있습니다. 현감이 영식의 제안을 단칼에 거절하고 영식을 벌했다면 이런 사건은 일어나지 않았을 것이오."

견음은 또 영식을 향해 말했다.

"그리고 영식이 네놈도 죄가 크다. 네놈은 혼자 잘살아 보겠다고 조상들이 터를 잡고 네가 태어나고 자란 고향 사람들의 고혈을 빼먹느냐. 그리고도 무사할 것이라고 생각했더냐."

"아이고 감찰 나리. 다 저 현감 협박 때문에 한 짓입니다요. 그렇게 안 하면 소인에게 세금을 배로 징수하고 모든 것을 빼앗겠다고 협박을 해서 어쩔 수 없이 했습니다."

그러자 더 이상 참지 못한 견음은 주먹으로 기장 현감과 영식의 얼굴을 한 대씩 때렸다. 그것도 모자라 목검으로 내려치려고 했다. 만일 현태와 중철이 막지 않았다면 목검에도 맞았을 것이다.

"그런 협박이라면 경상도 감찰사께 직접 말하면 되지 않느냐. 그러면 감찰사께서 현감을 조사할 것이고. 그런데 공영식 네놈은 감찰사께 보고도 하지 않았어. 이것이 네놈과 현감이 한패라는 것을 말해주는 것이니라."

"『맹자』에 보면 오십 보 도망간 군인이 백 보 도망간 군인에게 자신보다 더 많이 도망갔다는 이유로 죄가 중하다고 하는 장면이 나온다. 하나 오십 보 도망간 군인도 도망간 것은 마찬가지였느니라. 그래서 맹자께서는 오십 보 도망간 군인과 백 보 도망간 군인 둘 다 죄가 똑같다고 말한 것이야. 네놈들이 하는 이야기가 딱 오십보백보니라. 하나 나라의 녹을 먹고 있는 기장 현감의 죄가 더 크다 하겠다. 나라의 녹을 먹는 자리는 청렴하여야 하느니라."

그러고는 견음은 얼마 전까지 기장 현감이 앉아 있던 자리에 앉아 판결을 내렸다.

"죄인 기장 현감과 공영식은 전하께 진상하는 공납 진상품을 가지고 장난을 친 것도 모자라 이곳 백성의 고혈을 빨아먹었다. 기장 현감과 영식이 저지른 죄는 주상 전하를 기만한 것이다. 네놈들은 주상 전하를 기만하고도 용서받을 수 있을 것이라 생각했느냐? 네놈들의 죄는 용서받을 수 없는 것이니라. 이번 건은 주상 전하를 능멸한 죄로 네놈들을 한양으로 압송해서 국문을 하게 할 것이다. 여봐라! 이 죄인 둘을 한양으로 압송하거라."

견음의 명을 들은 포졸들은 포박당한 현감과 영식을 소달구지에 태우고 그 위에 닭장 같은 창살을 만들어 빠져나가지 못하게 했다. 닭장 같은 창살을 점검한 뒤 죄인들을 태운 달구지는 한양으로 떠날 준비를 마쳤다. 이를 확인한 견음은 압송의 총책임자에게 상소를 부탁했다.

총책임자가 죄인들을 끌고 한양으로 떠난 모습이 사라질 때까지 본 뒤 말머리를 동래로 돌렸다.

"나리. 오늘 정말 피곤하네요. 사건도 마무리 지었는데 오늘 하루는 푹 쉬는 게 어떨까요?"

"중철이와 현태는 온천에 가서 몸을 풀거라. 난 홍주와 기생집에 가야겠다."

견음은 열심히 일을 했으니 홍주와 함께 밤을 즐기며 쉬기 위해서 기생집에 가는 것이다.

사건 3.

울산
동헌의
울음소리

봄 햇살이 따스한 5월의 어느 날 아침 견음은 현태와 중철을 데리고 금정산성에 있는 군사 훈련장으로 향했다. 같이 따라나선 현태와 중철은 영문도 모른 채 이른 아침부터 산을 올랐다. 현태와 중철은 처음 견음이 금정산에 간다기에 금샘에서 명상을 할 것이라 생각을 했다. 하지만 이것은 완전히 빗나간 예상이었다. 금샘으로 향하던 도중 방향을 동쪽으로 틀어 군사 훈련장으로 갔다. 이는 필시 견음이 군사 훈련장으로 간 목적이 군사들을 상대로 무술 시합을 하러 간 것임을 짐작게 해 주는 것이었다.

견음이 훈련장에 들어서는 모습을 보자 훈련장에 있는 군사들은 긴장한 모습이 역력했다. 그도 그럴 것이 견음의 신분은 엄연히 사헌부에서 내려온 감찰이었기 때문이다. 그래서 대부분의 군사들은 지휘관 중 한 명을 족치러 온 것으로 생각을 했던 것이다. 이는 어디까지나 군사들의 생각일 뿐, 견음의 진짜 목적은 몸을 풀러 온 것이다. 그래서 시합 상대로 강한 사람을 찾고 있었던 것이다.

"나와 무술 시합을 한번 해볼 사람은 나오거라. 무술 시합을 할 때만큼은 이 견음은 사헌부 감찰이 아니라 그저 한 명의 무인이다. 그러니 겁은 먹지 마라. 내가 이 시합에서 졌다고 뭐라고 안 할 것이니 겨뤄볼 사람이 있으면 앞으로 나오거라."

견음의 이런 배려(?)에도 아무도 견음이랑 시합을 하겠다고 나서는 사람이 없었다. 비록 견음이 자신의 입으로 결과에 승복하고 저도 아무 말 안 하겠다고 했지만, 견음은 엄연한 사헌부 감찰이라 선불리 나설 수는 없었다. 그래서 하는 수 없이 견음 자신이 상대를 선택하기로 하고 건장해 보이는 군관 한 명을 호명했다.

"거기 최 군관, 자네 말이야 최수현 군관. 내가 듣자 하니 자네가 여기서 무술 실력이 가장 뛰어나다고 하던데 나랑 시합 한번 해볼 텐가?"

최 군관은 견음이 자신을 선택하자 속으로 이번이 자신의 실력을 똑똑히 보여줄 기회라고 생각했다. 최 군관은 원래는 문과 준비를 하던 최 참판댁 넷째 아들이었다. 문과를 보기 위해 공부를 하던 중 자기 머리로는 도저히 문과에 급제를 할 수 없다는 것을 알았다. 게다가 자신의 형들이 문과에 급제한 터라 자신은 문과에 급제하지 않아도 집안에 부담이 되는 것은 아니었다. 그렇기에 최 군관은 과감하게 문과를 포기한 것이다.

문과를 포기하고 풍류를 즐기고 놀던 중 최 군관은 경상 좌수사가 주최하는 무술 시합에서 1등을 했다. 이때 최 군관은 자신이 무술에 소질이 있는 것을 알게 되었고 그 후 무과에 응시해서 2등으로 합격했다(물론 여기에는 경상 좌수사의 적극 추천도 있었다.). 그러니 최 군관도 무술에 대해서는 누구 못지않은 실력을 가지고 있었다. 그래서 이번에 자신의 실력을 확실히 보여주리라 다짐을 하고 걸어 나갔다.

"나리, 시합이야 백번이라도 하죠. 하지만 이것 하나는 명심해야 할 것입니다. 나리가 시합에서 지면 사내답게 인정하기 바랍니다. 그리고 시합 중 생긴 상처에는 제가 책임이 없다는 것만 알아주시기 바랍니다."

"알겠네. 내 약조하지. 그럼 시작해 볼까."

견음의 신호에 견음과 최 군관과의 무술 시합이 시작되었다. 시합은 서로가 다칠 것을 고려해 진검이 아닌 목검을 가지고 했다. 훈련장에 있는 군사들은 동래에 들어올 때 한바탕 소란을 피운 경력이 있는 견음의 무술 실력은 익히 알고 있었다. 하지만 무과 2등 급제자인 최 군관의 실력도 만만치 않았다. 무술 실력을 본다면 최 군관은 동래에서 군관을 할 실력이 아니라 중

앙에서 한자리를 하고도 남을 실력이었다. 문제는 그가 집권 노론 벽파의 상관들과 자주 부딪치고 때에 따라서는 바른말을 하기도 한다는 것이었다. 이것이 노론 벽파의 미움을 사서 동래로 내려오는 결정적인 계기가 되었다.

서로 엇비슷한 실력을 가진 두 사람이 시합을 하니 쉽게 승패가 결정이 되지 않았다. 시합은 2각(오늘날의 30분)가량 계속되었다. 때문에 지켜보는 사람 입장에서는 승부가 한나절이 지나서야 결판이 나겠다고 생각하는 사람도 있었다. 승부는 예상과는 달리 찰나의 순간에 갈리고 말았다. 견음의 발 공격을 피해 높이 뛰었던 최 군관이 착지를 할 때 왼쪽 발을 잘못 딛는 바람에 미끄러졌고 이 순간을 견음은 놓치지 않았다. 견음은 발로 최 군관의 오른쪽 손목을 쳐서 목검을 땅바닥에 떨어트리게 했다. 그리고는 자신의 목검을 최 군관의 목에 갖다 대면서 시합은 마무리되었다.

승리의 기쁨도 잠시 체력을 많이 소진한 견음도 땅바닥에 쓰러져 버렸다. 둘 다 쓰러져서 일어나지 못하는 것을 본 훈련장의 군사들은 물론이고 현태와 중철도 놀라서 당황했다. 이때 중철이 나와서 견음과 최 군관의 맥을 짚어보기 시작했다. 둘 다 맥은 정상이었다. 맥이 정상인 것을 확인한 중철은 둘을 견음의 친구이자 유명한 의원인 동신에게 데려가야겠다는 생각을 했다.

"이보시오. 이 두 사람을 동신 선생에게 데려가야겠으니 서두르시오. 견음 나리는 내가 직접 업고 갈 테니 이 최 군관은……. 어 자네. 키 크고 덩치 큰 동훈이 자네가 업고 가야겠네. 여기서 반 시간이면 동신 어른 댁에 도착할 수 있을 것이니 어서 서두르게."

중철과 동훈이 견음과 최 군관을 업고 금정산을 내려가기 시작했다. 금정산은 높은 산이 아니고 동래에 있어서 동신에게 가는 데 큰 어려움은 없었다. 반 시간 정도를 달려 이들은 동신의 집에 도착했다. 중철의 소리를 들은 동신은 밖으로 나왔고, 견음이 중철의 등에 업혀 오는 것을 보고 놀랐다.

"이봐, 중철이. 견음한테 무슨 일이 있는 겐가? 견음이 네 등에 업혀서 오는 것을 보니 무슨 일이 있었던 것 같은데. 그리고 저 뒤에 업힌 것은 최 군관이 아닌가. 혹시 둘 사이에 무슨 일이라도 있었던 것이냐?"

동신이 물어보자 중철은 기다렸다는 듯이 아침에 금정산 훈련장에서 있었던 일을 동신에게 이야기하기 시작했다.

"동신 나리, 우리 나리가 아침 일찍부터 금정산의 군사 훈련장에 가서 최 군관이랑 2각 동안 무술 시합을 하다가 갑자기 쓰러 졌습니다."

중철의 이야기를 들은 동신은 답답하다는 듯 중철을 향해 눈을 부릅뜨고 있었다. 좀 더 자세하게 말해보라는 눈빛임이 틀림 없었다.

"자세히 좀 말해 보거라. 중철아."

"오늘 아침 견음 나리는 몸을 푼답시고 훈련장에 가서 최 군관이랑 무술 시합을 했습니다. 나리도 아시다시피 견음 나리는 어디 내놔도 무술 실력이 떨어지는 사람이 아니지 않습니까. 그래서 그곳에서 가장 무술 실력이 뛰어난 최 군관과 시합을 했습죠. 두 분의 실력이 엇비슷한지라 2각이 지나도록 승부는 나지 않았습니다. 그러던 것이 한순간에 결정이 되고 말았습죠. 견음 나리의 발목 공격을 최 군관이 두 자 높이로 뛰어 피하다가 착지하는 과정에서 발을 헛디뎌 미끄러졌고 견음 나리는 이를 놓치지 않고 승부를 냈습죠. 한데 얼마 안 가 최 군관의 목에 목검을 겨눈 견음 나리의 몸에 힘이 빠지더니 이렇게 쓰러졌습니다."

"그래? 일단 둘 다 안으로 들이게. 내가 진맥을 해볼 터이니."

중철과 동훈이 견음과 최 군관을 방 안으로 옮긴 뒤 동신은 방으로 들어가서 진찰을 시작했다. 우선 감긴 눈을 벌려 동공을 확인하고 코에 깃털을 갖다 대어 숨을 쉬고 있는지 확인했다. 동공에 이상이 없고 숨을 쉬는 것을 확인한 동신은 맥을 짚기 시작했다. 맥을 짚은 후의 동신은 알 수 없는 표정을 하고 있었다. 이윽고 동신이 방 밖으로 나오자 중철과 동훈은 두 사람이 어떻게 되었는지 물었다.

"나리, 우리 견음 나리랑 최 군관한테 큰 병고라고 있는 것입니까?"

"큰 병고? 아주 큰 병고지. 맥박은 정상적으로 뛰는데 기운은 빠질 대로 다 빠져 있어. 이것은 무엇을 뜻하냐면⋯⋯ 과로야 과로. 둘 다 과로로 쓰러진 것이야. 더 정확히 말하면 피로가 누적된 것이지. 그러니 두어 시간만 자고 일어나면 회복이 될 것이야."

동신이 큰 병고라고 말해서 놀란 중철과 동훈은 동신의 알수 없는 표정이 무엇을 뜻하는지 알았다. 큰 병고가 아니라 두어 시간만 자다 일어나면 회복이 될 거라는 말에 안심을 한 것은 물론이다. 그런데 다시 생각해보니 중철은 의문이 들었다. 중철이 알기로 견음은 일하는 것으로는 절대 과로를 하지 않는 사람이다. 그런데 과로라고 하니 뭔가 의아했다.

"동신 나리, 나리도 아시다시피 우리 견음 나리는 일을 할 때는 무조건 술시(저녁 7~9시) 전에 끝냅니다. 그리고 술도 약할 뿐더러 취할 정도로 마시는 편이 아닙니다. 우리 견음 나리는 과로를 할 수가 없는데 과로라고 하니 소인은 이해가 되지 않습니다."

동신은 질문을 하는 중철이 한심했지만 한편으로는 견음을 걱정하는 마음을 보고는 자신의 친구가 아랫사람 하나는 잘 두었다고 생각했다. 그래서 중철에게 다가가 과로에 대한 것을 이야기했다.

"견음이 술시 전에 일을 마무리하는 것도, 술도 마시지 않는다는 것을 나도 잘 알지. 한데 중철이 너도 알다시피 견음이 여자는 좋아하지 않는가. 그 홍주라는 아이 말이야. 그 홍주라는 아이와 밤을 뜬눈으로 새우는데 힘이 남아나겠느냐. 항우장사도 안 쓰러지고는 못 배길 것이다. 이놈아."

"나리, 나리께서 그렇게 말씀을 해주시니 소인이 이해가 되네요. 그러면 저기 최 군관은 어떻게 된 것입니까?"

"얼마 후면 경상 좌병사가 점검을 나온다고 하더군. 내가 듣기로 요 며칠 최 군관은 점검 준비 때문에 밤을 새운 것으로 알고 있어. 그렇다면 뻔하지 않은가."

동신의 설명을 들은 중철은 확실하게 이해가 되는 표정을 지었다. 그리고는 견음과 최 군관 옆에서 둘이 깨어나기를 기다렸다.

그렇게 두 시간쯤 지나자 견음이 깨어났다. 깨어나자마자 견음은 주위를 돌아보았다. 자신은 분명 아침에는 금정산에 있는 훈련장에 있었다. 하지만 지금 있는 곳은 친구인 동신의 집이었다. 견음은 왜 자신이 동신의 집에 누워 있는지 영문을 몰라서 천천히 기억을 더듬어 보기로 했다. 기억을 더듬어 가는 찰나 동신이 방문을 열고 들어왔다.

"견음, 자네 아침부터 훈련장에 가서 최 군관이랑 한바탕했더군. 그리고는 쓰러져서 중철이 등에 업혀서 이곳까지 왔고. 자네 이제 몸 좀 생각하게. 매일 밤 뜬눈으로 홍주랑 밤을 새우니까 기운이 약해진 거야. 그러니 무리는 하지 말게. 오늘은 두 시간 잔 것만으로 괜찮지만 다음번에는 침까지 맞아야 할 것이야. 바로 이 침으로 말이야."

"야, 내가 말이냐. 왜 말한테 놓는 침을 나한테 놓으려고 해."

견음의 말을 들은 동신은 웃음보를 터뜨렸고. 웃음이 터진 동신은 견음이 농담을 하는 것을 듣고는 정신이 제대로 돌아왔음을 알아차렸다. 하지만 견음의 표정은 그다지 즐거운 얼굴이 아니었다. 그것은 요즘 큰 사건이 없어서 심심했던 것이 그 원인이

조선 명탐정 견음

었다.

　물론 사건은 있었지만 사소한 사건이어서 큰 사건을 맡는 견음이 나설 일은 아니었다. 원래 큰 사건은 감찰이, 사소한 사건은 각 고을에서 알아서 처리하도록 되어 있었다. 또한 감찰은 사소한 사건에는 개입하지 않는 것이 원칙이었다. 이런 이유로 견음은 맡은 사건이 없어 심심해했던 것이다.

　"여기 내려온 뒤로 요즘처럼 심심한 적이 없었어. 큰 사건도 없고, 조정에 보내야 되는 보고서도 없으니. 정말 심심하군."

　"이보게 견음. 걱정도 팔자군. 내가 장담하는데 얼마 안 있어 큰 사건이 날 걸세. 내 말을 믿어보게나."

　동신이 장담하는 말이 끝나자마자 밖에서 중철의 목소리가 들렸다. 목소리를 봐서는 십중팔구 누군가가 견음을 찾아온 것이었다. 견음은 곧장 문을 열고 동신과 함께 방 밖으로 나왔다. 밖에는 중철과 낯선 사내 하나가 서 있었다.

　"나리, 글쎄 제 옆에 있는 이 사람이 급히 나리를 뵙고 싶다고 해서 이리로 모시고 왔습니다."

　"그래? 자네 무슨 볼일이 있어서 여기까지 찾아왔는가? 내 집 무실에서 기다리지 않고 여기까지 찾아왔다면 큰일인 것 같은데."

견음의 말을 듣는 순간 사내는 놀랐다. 자신이나 중철이 한마디 말도 하지 않았는데 큰일이 있어 찾아온 것이라고 단번에 알아맞힌 것이 신기했기 때문이다.

"나리, 저는 울산 관아에서 일하는 이방 김태헌이라고 합니다. 제가 견음 나리를 찾아온 것은 저희 군수님의 청이 있어서입니다. 요즘 군수 나리는 밤에 귀신 소리가 들려온다고 하시면서 제대로 주무시지 못하고 있습니다."

태헌의 이야기를 들은 견음은 태헌이 자신을 찾아온 것이 아니라 친구인 동신을 찾아온 것이라 생각을 했다.

"그렇다면 여기 제대로 찾아왔구먼. 그런 것이라면 내 옆에 있는 동신이 해결해 줄 것이야. 자네도 알다시피 동신이 이곳 최고의 명의로 통하는 사람이 아닌가. 그리고 도저히 몸이 안 좋아서 임무를 맡지 못한다면 경상 감사께 사직서를 올리면 되지 않은가."

그러고는 견음은 동신에게 눈빛으로 자신의 이야기는 다 끝났으니 태헌이랑 자세한 이야기를 하라는 신호를 주었다. 이를 알아챈 동신은 태헌을 지그시 쳐다보았다.

"자네, 태헌이라고 했나. 아니 김 이방이라고 불러야겠지. 내가 직접 울산에 가서 군수 나리의 진료를 하지. 지금 가면 바로 진료를 할 수 있을 거야."

"동신 나리, 나리의 진료가 필요하면 제가 진즉 찾아뵙고 진료를 청했지요. 왜 제가 견음 나리를 찾았겠습니까. 귀신 소리는 군수 나리뿐 아니라 저도 들었고 관아에 있는 노비들도 들었습니다. 만약 군수 나리만 들었다면 우리 군수 나리의 몸에 이상이 있는 것이겠지요. 한데 관아에 있는 사람들 모두가 들었으니 뭔가 이상해서 견음 나리를 뵙기를 청했던 것입니다. 그리고 나리. 우리 군수님 말씀으로는 누군가가 자신을 울산 군수자리에서 쫓아내려고 꾸민 것 같다고 했습니다."

태헌의 말을 들은 견음은 동신을 쳐다보고는 부탁을 한 가지 했다.

"동신, 자네의 방 좀 빌릴 수 있나? 방에서 긴히 김 이방이랑 이야기를 했으면 하는데. 물론 자네도 함께 말이야."

"알았네."

"김 이방, 방으로 들어가서 자세한 이야기를 나누세."

동신의 방으로 들어온 견음과 동신, 태헌은 본격적으로 이야기를 하기 시작했다.

"김 이방, 자네도 분명 그 귀신 소리를 들었다고 했지. 그렇다면 혹시 소리가 나는 곳 주변에 다른 것은 없었나? 이를테면 무당 같은."

"소리가 들리는 곳 주변을 샅샅이 뒤져봐도 개미 새끼 한 마리 나오지 않았습니다. 그래서 우리 군수 나리께서 더욱 불안해하는 것입니다."

"그래? 김 이방 자네도 귀신 소리를 들었다는 것이지……."

"네, 그렇습니다. 나리."

여기까지 이야기를 들은 견음은 천장을 쳐다보며 생각을 정리했다. 그러고는 무언가 생각이 났는지 동신 쪽으로 얼굴을 돌렸다. 견음과 눈을 마주친 동신은 견음이 무슨 말을 하려는지 알았다.

"동신, 우선 여기 김 이방부터 진료를 해보게. 내가 보기에 김 이방이 기력이 약해서 이상한 소리를 듣는 것 같은데. 이런 것은 자네가 의원이니 더 잘 알 것 아닌가."

"그렇게 하지. 내가 보기에도 기가 허한 것 같네. 김 이방, 이쪽으로 와서 누워 보게나."

갑자기 진료라는 말에 어리둥절해진 태헌은 당장이라도 견음을 한 대 치고 싶었지만 상대가 상대인지라 참고 있었다. 정확히 말하면 자칫 견음에게 당할 수 있는 것은 물론이거니와 견

　　　　　　　　　　조선 명탐정 견음

음은 엄연한 사헌부 감찰이었다. 감찰 폭행이라면 울산에서 처리하는 것이 아니라 한양까지 올라갈 수도 있는 것이었다. 그리고 태헌으로서는 언제 자신이 명의인 동신에게 진료받을 수 있을지도 모르는데 지금 받는 것도 나쁘지 않아 순순히 응했던 것이다.

태헌이 자리에 눕자 동신은 본격적으로 진료를 했다. 눈의 동공과 맥을 살피는 기초적인 것부터 시작해 동신 자신이 손가락을 펴면 몇 개인지 알아맞히는 것과 나무 막대기로 몸 이곳저곳을 두드려 반응이 있는지를 검사했다. 검사를 마친 동신은 견음 쪽으로 몸을 돌리며 고개를 끄덕였다.

"김 이방, 내가 진료를 해보니 몸에는 문제가 없어. 거기 팔꿈치에 난 상처 빼고는 말이야. 한데 몸이 아니라 자네 마음에 문제가 있는 것 같아. 자네 마음에 무언가가 두려워하는 것이 강하게 있어. 물론 모든 사람들은 조금씩은 두려움을 가지고 있지. 그런데 자네는 그것이 너무나 커. 그래서 말인데 그 귀신 소리 혹시 자네 마음속에 있는 두려움이 만든 소리 같은데……."

동신으로부터 두려움이 만든 소리라는 말을 듣자 태헌은 겉으로는 표시를 안 했지만 속으로는 펄쩍 뛰었다. 한편으로는 최고의 의원이 하는 말이니 뭐라고 할 수는 없었다. 그런데 갑자기 한 가지 의문이 들었다.

"동신 나리, 저야 그렇다고 쳐도 우리 군수 나리도 같은 소리를 듣는 것은 무엇이란 말입니까?"

"자네랑 똑같겠지. 김 이방. 광산에서 철을 캐는 사람들은 한 곳에 같이 머물러 있어. 그때 한 사람이 불안을 느끼면 주위에 있는 사람도 같이 느끼지. 아마 군수 나리도 이와 비슷할 거야. 그래서 말인데 내가 직접 진료를 해야겠네. 물론 옆에 있는 내 친구 견음도 같이 갈 것이야."

"김 이방, 걱정하지 말고 이 견음과 동신을 믿게나."

"고맙습니다, 나리. 저는 복귀할 준비를 하겠습니다."

태헌이 복귀할 준비를 하자 동신은 자신의 진료실로 가서 진료 도구와 약을 챙기기 시작했다. 진료 도구야 항상 들고 다니는 상자에 있으니 그것을 챙겼고, 약은 많이 가져갈 수가 없어서 필요한 만큼만 챙겼다. 진료 도구와 약을 모두 챙긴 동신은 견음과 함께 울산으로 향했다. 견음 일행은 해운대 방향으로 말을 몰아 울산으로 향했다. 원래 동래에서 울산으로 가는 길은 금정산과 천성산 등 산을 넘어가는 길과 해운대를 끼고 해안으로 가는 길 두 가지가 있다. 거리상으로는 산을 타고 가는 길이 가깝지만 견음 일행은 해안을 끼고 가는 길을 택했다. 견음이 해안길을 택한 이유는 산길로 가면 만날 수 있는 산적을 피하기 위해서이다. 산적을 만난다면 시간이 지체될 것은 자명한 일이다. 그래서 거리는 멀지만 안전하고 게다가 평지가 많은 해안길을 택한 것이다.

동래에서 출발해 해운대를 거쳐 동해안을 타고 1시간 반(오늘날 시간으로는 3시간)을 달려 울산군 관아에 도착했다. 울산에 도착하니 막 유시(오후 5~7시)가 지난 즈음이었다. 견음 일행이 도착했다는 보고를 받은 군수는 밖으로 나와 견음 일행을 맞았다.

견음이 말에서 내리자 군수는 견음의 바지를 잡으며 고개를 숙였다. 군수가 자신의 바지를 잡았을 때 견음은 바지를 잡은 군수의 손이 떨리는 것을 느꼈다. 직감적으로 견음은 군수에게 큰일이 있는 것이라 생각을 했다.

"자네, 자네가 견음인가? 잘 왔네. 이왕 여기까지 왔으니 내 이야기를 들어줄 수 있겠는가?"

"나리, 물론이지요. 그것 때문에 이 견음이 여기까지 온 것 아닙니까. 하지만 그 전에 진료를 받아 보셔야 할 것 같습니다. 좀 전 제 바지를 잡았을 때 손을 무척 떨고 있더군요. 이는 필시 뭔가 불안해하는 것 같습니다. 그래서 하는 말인데 저와 같이 온 죽마고우 동신에게 진료를 받아보시고 그 후에 이야기를 하는 것이 좋을 것 같습니다."

군수에게 진료를 먼저 권한 견음은 옆에 있는 동신을 쳐다보았다. 동신은 견음에게 눈빛으로 준비가 되어 있다고 말을 했다.

"나리, 제가 견음의 죽마고우이자 의원인 동신이라고 합니다. 일단 저랑 같이 방으로 들어가셔서 진료부터 받는 것이 좋겠습니다."

"동신이라. 이 근방에서 화타의 재림이라고 부른다지. 나도 들어본 적은 있네만, 직접 본 것은 오늘이 처음이네. 자네 같은 명의가 직접 와 주었으니 진료를 받아야지 암."

군수가 진료를 받겠다고 하자 군수와 견음 그리고 동신은 군수의 숙소가 있는 동헌으로 갔다. 군수의 숙소로 들어간 동신은 자신이 가지고 온 진료 도구를 꺼내 놓고 진료를 하기 시작했다. 동신은 늘 하던 대로 동공과 맥을 먼저 진료했다. 다행히 동공과 맥은 이상이 없었다. 동공과 맥이 이상이 없자 흉부와 복부를 손으로 짚어 아픈 곳이 없는지 알아봤지만 군수는 아픈 곳이 없다고 했다. 그래서 동신은 막대기로 몸 이곳저곳을 두드리며 반응을 보았다. 이 반응 검사에서도 이상이 없었다. 그런데 한 가지, 군수가 지나치게 땀을 많이 흘리는 것이 문제였다.

"나리, 제가 진찰을 한 바로는 나리 몸에는 아무런 문제가 없습니다. 다만……."

"다만? 뭔가?"

"나리께서 땀을 많이 흘리시는 것 같은데 이 땀을 보아하니 식은땀입니다. 그래서 한 가지 여쭙고자 하는데 최근에 심적으로 불안해한 적이 있으십니까?"

동신이 불안해한 적이 있냐는 말을 하자 군수의 얼굴은 놀라는 표정을 하고 있었다. 아무리 동신이 명의라지만 자신이 말 한마디 하지 않았는데 심적으로 문제가 있다는 것을 알았기 때문이다.

"실은 말이야. 내가 요즘 밤마다 일어나는 이상한 일 때문에 잠을 제대로 못 자고 있네. 아마 그것 때문이지 싶네만."

"그것이 무엇 때문입니까? 나리. 그것을 이 견음에게 말해줄 수 있겠습니까?"

견음이 스스로 최근 일어난 일에 대해 소상히 알기를 원하자 군수는 이제야 안심하는 표정을 지었다. 그러고는 동신과 견음에게 가까이 오라는 손짓을 했다.

"물론이네. 그래서 내가 견음 자네를 부른 것이야."

"그럼 나리. 이 견음에게 나리께서 밤마다 겪었던 일에 대해서 자세하게 이야기해 주실 수 있겠습니까?"

조심스레 견음이 부탁하자 이제는 정말로 안심이 되는 듯 군수의 몸에서 흐르는 식은땀의 양이 줄어들기 시작했다. 군수는 옆에 있는 헝겊으로 자신의 얼굴과 손을 닦은 뒤 지난 일들에 대해 이야기했다.

"견음, 동신 자네들도 알다시피 내가 여기 울산으로 온 지가 1년이 조금 넘었다네. 내가 울산에 군수로 있는 동안 어진 정치를 했다고는 말을 못 하겠지만 적어도 백성들을 위한 정치를 했다고는 자부하네. 그것은 내가 와서 걷어 전하께 보낸 세금이 이전보다 많은 것을 보면 알 수가 있을 것이야. 견음 자네가 그것을 봤으니 알 것 아닌가."

견음은 감찰이 되기 전 규장각에서 근무하던 시절 세금에 관한 장계를 본 적이 있었다. 그중 가장 눈에 띄는 것은 울산에서 올라온 세금이 이전보다 많이 늘었던 것이다. 그래서 이를 아무도 모르게 했지만 혼자 조사를 한 적이 있었다.

"저도 규장각에서 장계를 보았습니다. 이전 군수들과 비교해 보면 확실히 많이 거두어들였더군요. 특히 이곳에 사는 부자들한테서요. 나리, 놀라지 마세요. 저도 알아보고 말을 하는 것입니다. 일반 백성들의 세금은 늘어나지 않았는데 전체 세금이 늘어났다면 뻔한 것 아니겠습니까."

견음이 정곡을 찌르는 말을 하자 군수는 놀라는 표정을 했다. 견음이 말한 내용이 한 치의 거짓이 없었기 때문이다.

"나리, 세금은 그렇다 치고 밤마다 일어나는 일에 대해서 자세하게 이야기해 줄 수 있겠습니까?"

견음의 말이 나오는 순간 군수는 올 것이 왔다는 듯 긴장한 모습이 역력했다. 하지만 견음의 얼굴을 보자 견음이 해결해 줄 것이라는 믿음이 생겼고 군수의 표정도 조금씩 풀리기 시작했다. 그러고는 본격적인 이야기를 하기 시작했다.

"이런 일이 일어난 지는 두어 달쯤 되었을 걸세. 처음엔 나도 내 몸에 이상이 있어서 그런 거라 생각을 해서 그냥 넘어갔지. 한데 며칠 휴식을 한 뒤에도 별로 나아진 것이 없었네. 그래도 시간이 지나면 나아질 것이라 생각했지만 두어 달이 지나니 이젠 무섭고 불안해지더라고."

"그런가요. 그 일이란 것이 도대체 무엇입니까?"

견음은 궁금한 것은 못 참는 성격인지라 직접적으로 군수에게 궁금하다고 언질을 주었다. 이런 모습을 본 군수는 견음이 믿음이 갔고, 이어서 이야기하기 시작했다.

"내가 보통 자시(밤 11시~다음 날 새벽 1시)에 잠자리에 드네. 그 일이 일어나기 전까지는 이 시간에 잠자리에 들면 숙면을 취했지. 그런데 두어 달 전부터 잠잘 때마다 웬 여인이 서글피 우는 소리가 들렸네. 처음엔 그 여인이 자신이 억울한 일이 있으나 나보고 해결해 달라고 하는 줄 알았다네. 그래서 내가 해결해 주려고 여인을 찾았지만 찾을 수가 없었다네."

군수가 이어 말했나.

"한편으로는 말이야. 억울한 일이 있으면 낮에라도 찾아올 것이라 생각하고 기다리고 있었지만, 낮에는 찾아오지 않았지. 낮에는 울음소리가 안 들렸다는 거지."

"그렇다는 것은 밤에만 여인의 울음소리가 들렸다는 말이군요."

"그렇다네, 견음. 밤에만 울음소리가 들리더군. 한데 한 열흘 동안은 서럽게 우는 소리만 들리더니 그 이후에는 그 소리가 귀신 소리로 들렸어. 그 귀신 소리를 들은 뒤로 내가 밤에 잠을 제대로 못 자고 있다네."

"그렇군요. 이 동신이 들어보니 군수 나리께서는 귀신 소리 때문에 밤마다 잠을 설치시는군요. 그리고 불안해하기도 하고요."

"그런데 말이야, 그 귀신 소리가 나한테 원한이 있는 목소리 같았다네. 내가 그것이 계속 마음에 걸린 부분이기도 하고."

원한이라는 말을 듣자 견음은 잠시 생각을 정리하려는 듯 천장을 응시하고 있었다. 얼마 뒤 무언가 생각이 났는지 견음은 눈을 응시하던 천장에서 군수에게로 돌렸다.

"혹시 나리께서 이 고을 사람들에게 원한을 산 것이라도 있으십니까?"

군수는 견음의 질문을 듣고 한동안 생각에 잠겨 원한을 살 만한 사람을 생각해 보았다. 일반 백성들이야 자신들이 내는 세금을 감면해 주었으니 원망하는 사람이 있을 리가 없다고 생각했다. 그렇다면 가능성은 딱 한 가지라는 확신이 들었다.

"내가 울산 군수를 하면서 일반 백성들에게는 세금을 감면해 주어서 나에게 불만이나 원한은 없을 것이야. 그렇다면 나에게 원한을 가진 것은 울산의 지주들이겠지. 내가 지주들에게는 세금을 많이 거둬들였으니까."

"나리의 말을 들어보니 이 고을 지주와 관련이 있다는 말인데. 혹시 짚이는 사람이라도 있으십니까?"

견음으로부터 지주들 중 가장 불만이 많은 사람이 누구냐는 질문을 받자마자 군수는 떠오르는 인물이 한 명 있었다. 군수는 분명 이놈과 관련이 있을 것이라 생각을 했다.

"짚이는 사람이라면 이 고을 최고 부자인 권 씨지. 이름은 권승민이고 이 고을에 많은 토지를 보유하고 있다네. 토지를 많이 보유하고 있으니 당연히 낼 세금은 많을 수밖에 없지. 게다가 내가 예전보다 더 많은 세금을 부과했으니 날 별로 안 좋게 여길 걸세."

"안 그래도 내는 세금이 많은데 나리께서 세금을 더 부과했으니 불만이 많을 법도 하겠네요. 그리고 세금을 안 내려고도 하겠지요. 이거 뭔가 좀 이상한데, 제가 자세히 조사를 해봐야 나올 것 같군요."

견음은 군수로부터 권승민에 대한 이야기를 듣자 분명 이번 사건과 관련이 있을 것이라 생각을 했다. 아직은 정보가 없어 견음은 자세하게 조사하는 것이 급선무라 여겼다.

"나리, 저와 동신이 오늘 하루 여기서 묵어도 되겠습니까? 저희도 두 귀로 그 소리가 어떤 소리인지 들어야 판단을 하지 않겠습니까."

"그래, 그러게나. 자네들도 직접 들어야 판단이 서겠지."

"감사합니다, 나리. 그나저나 배가 출출한데 저녁부터 드실까요?"

"벌써 시간이 이렇게 되었나. 저녁부터 먹지."

견음이 배가 고프다고 하자 군수는 밖에 사람을 시켜 저녁상을 준비하라고 일렀다. 오늘 귀신 소리인지 뭔지를 들어야 되니 술은 가지고 오지 말라고 해두었다. 저녁상이 들어오자 견음과 동신은 허겁지겁 먹기 시작했다. 안 그래도 견음은 기절해서 자느라고 점심을 먹지 못했고, 동신은 그런 견음을 진료하느라 점심을 먹지 못했다. 그래서 배가 고팠고 허겁지겁 먹었던 것이다. 허겁지겁 저녁을 먹은 후 군수는 불을 껐다.

"그 울음소리 말이야. 밤이라도 불이 켜져 있으면 들리지가 않아. 그래서 불을 끄는 걸세."

"그럼 불을 켜고 자는 것도 한 방법이라 생각합니다만."

"그게 말이야. 기름이 부족해서 밤새 불을 켜 놓을 수도 없어서 그러는 거야."

울산 동헌의 불이 꺼진 후 한 시간가량 지난 해시(밤 9~11시)까지도 아무런 소리가 나지 않았다. 그래서 견음과 동신은 별일 아닌 것이라 생각하고 그냥 잠자리에 들려고 했다. 견음과 동신이 불을 끄고 동시에 잠자리에 누워 이불을 덮으려는 순간 밖에서 이상한 소리가 나기 시작했다.

"사또 나리, 그러고도 무사할 것이라 생각하십니까. 내가 용서치 않을 것입니다. 반드시 사또 나리에게 저주를 내릴 것입니다."

"동신, 자네도 들었지."

"암, 듣고말고."

"내가 생각하기에 저 소리가 군수가 말한 그 소리 같은데 그렇지 아니한가?"

"견음, 자네의 말이 맞는 것 같네. 그나저나 군수 나리 방에가 봐야 하는 것 아닌가? 분명 저 소리를 들었으면 떨고 있을 것인데."

"그래, 가야지. 자네도 같이 가세."


견음과 동신은 객사를 나와 군수의 방으로 갔다. 견음이 인기척도 없이 방문을 열자 군수는 놀란 표정을 하며 떨고 있었다. 하마터면 군수는 소리를 지를 뻔했지만 동신이 자신이 들고 있던 불을 견음의 얼굴 가까이 갖다 대자 비로소 견음과 동신임을 알고 안심했다.

"나리, 견음과 동신입니다. 안심하세요. 저희도 나리께서 말한 그 소리를 좀 전에 들었습니다."

"그래? 자네들도 들었단 말이지. 그렇다면 분명 귀신이 있는 것 같은데. 이거 굿판이라도 벌여야 할지도 모르겠군."

굿판이라는 말에 견음은 정색을 하며 말했다.

"굿판이라뇨? 안 됩니다, 나리. 여기서 굿판을 하기에는 보는 눈이 많습니다. 게다가 동헌에서 굿판을 하는 것을 본 사람들은 어떻게 생각하겠습니까? 그러니 굿판을 벌이지 마시고 이 견음만 믿고 맡겨 주십시오. 제가 해결을 할 터이니."

"견음, 자네의 말을 들어보니 일리가 있는 말이군. 내 자네만 믿고 굿판을 안 벌일 터이니 해결해 주게."

"알겠습니다. 나리. 그나저나 동신에게 진료를 받아 보시는 게 좋을 것 같습니다."

견음이 놀란 군수를 안심시키자 동신은 군수에게 다가가서 맥을 짚었다. 동신이 맥을 짚어보니 맥은 정상으로 돌아오고 있었다. 이것은 군수가 안정을 찾고 있다는 것이었다. 군수가 어느 정도 안정을 찾아가고 있을 때 바람이 한차례 세차게 불었다. 그 순간 또다시 목소리가 들려왔다.

"사또 나리, 소녀가 죽어서도 이승을 떠나지 못하는 이유가 있사옵니다. 그것은 맺힌 한이 너무 크기 때문입니다. 특히 사또 나리에게 맺힌 한이 너무나 커서 한을 풀어야겠습니다. 그런

연후 이승을 떠날 것입니다."

이 소리가 들리자 견음은 문을 박차고 밖으로 나갔다. 밖으로 나와서 동헌 안쪽을 샅샅이 뒤졌지만 아무런 흔적도 찾지 못했다. 그래서 담을 넘어 담 바깥쪽을 샅샅이 뒤지기 시작했다. 견음이 샅샅이 뒤졌지만 담 밖에서도 아무런 흔적을 찾지 못했다. 별다른 흔적을 찾지 못한 견음은 닭장으로 가서 자신이 가져온 닭을 잡아 뽑아낸 피를 군수의 침소 주위에 뿌렸다. 물론 이것은 군수를 안심시키기 위해 사용한 방법이었다. 피를 다 뿌리고 난 후 침소 안으로 들어온 견음은 군수를 안심시켰다.

"나리, 침소 주위에 수탉 피를 뿌려 놓았으니 오늘 밤에는 소리가 들리지 않을 것입니다. 그러니 편하게 주무시기 바랍니다. 그놈은 제가 잡을 터이니."

"알겠네. 자네들도 편히 자게."

그날 밤 견음의 말대로 더 이상 소리는 들리지 않았다. 이 때문인지 군수도 이날만큼은 편하게 잠을 잤다.

다음 날 밤.

견음과 동신, 군수는 일찍 저녁을 먹고 군수의 침실에 모여 있었다. 침실에 모인 세 사람의 표정은 제각각이었다. 견음은 오늘 밤 반드시 실체를 밝히고 말겠다는 표정을 하고 있었고, 동신의 얼굴에는 표정이 없었다. 동신은 표정이 없었지만 견음을 믿는 눈치였다. 반면 군수는 여전히 긴장하고 있었다. 이를 본 군수는 견음과 동신에게 긴장이 안 되는지 물어보았다.

"견음, 동신. 자네들 표정을 보아하니 무섭지 않은 표정인데. 뭐라도 확실하게 잡은 것이 있는가?"

"나리, 오늘 밤에 이 견음과 동신이 그 정체를 똑똑히 보여드리겠습니다. 그러니 안심하셔도 됩니다."

어젯밤보다 더 자신 있는 목소리로 대답하는 견음을 보자 군수는 안심이 되었지만 한편으로는 과한 것이 아닌지 의심이 들었다. 그래서 재차 확인을 했다.

"자네들, 자신 있는 건가?"

"두고 보면 알 겁니다. 나리"

견음은 군수를 안심시키고 난 다음 밖으로 나가 중철과 현태 그리고 홍주를 불렀다. 이는 필시 견음이 이들에게 무언가 지시할 것이 있음이 분명한 것이었다.

"중철이 넌 동신이 써 준 서찰을 가지고 가서 유황을 얻어 왔느냐? 그리고 솔잎은 준비해 두었느냐?"

"예, 나리. 유황과 솔잎은 넉넉하게 준비했습니다."

"중철이 넌 군수의 방에 불이 꺼지거든 유황과 솔잎을 태워 연기가 자욱하게 나게 만들어라. 그런 다음 여기 동헌 안을 수색하고 난 뒤 김 이방과 합류해 담 밖을 수색하거라."

"알겠습니다. 나리."

"그리고 홍주 네가 반드시 귀신을 잡아야 하느니라. 알겠느냐. 산 채로 잡아 와야 하느니라. 기절도 시켜서는 안 된다. 힘 조절 잘하거라. 저번처럼 하지 말고."

"알겠습니다. 하나 소녀도 힘 조절을 할 줄 압니다. 지난번은 상대가 약해서 그런 것뿐입니다."

"알겠다."

견음이 홍주에게 힘 조절을 잘하라고 한 데에는 이유가 있었다. 홍주는 원래 견음에게 무예를 배웠다. 무예를 배우는 속도는 빨랐지만 한 번 열 받으면 힘 조절을 못 하는 단점을 가지고 있었다. 홍주가 힘 조절을 잘 못 하면 상대는 십중팔구 기절을 했다(그 상대는 물론 여자지만). 이런 홍주를 견음이 잘 알기에 우려한 것이었다.


이날 밤 해시.

침소에 있는 군수는 여전히 긴장한 표정을 하고 있었다. 자세히 보니 오히려 지난밤보다 더 긴장된 표정을 하고 몸은 떨고 있었다. 반면 견음과 동신은 한결 여유 있는 모습을 하고 있었다. 이는 분명 '범인을 잡는 것은 시간문제'라고 생각하고 있었던 것이다. 그럼에도 불구하고 군수는 확신이 서지 않아 또 물어보았다.

"견음, 자네가 정말 해결할 수 있는 것이 맞는가? 정말 오늘 밤에 그자를 잡을 수 있는가?"

"나리, 저는 절대 못 지킬 약속을 하지 않습니다. 그러니 저만 믿고 기다려 주십시오. 반드시 오늘 밤에 그자를 잡을 테니."

견음이 군수에게 자신을 믿고 안심하라고 여러 차례 말을 했지만 군수는 여전히 불안한 표정을 하면서 떨고 있었다. 이 때문에 견음은 군수의 침실 밖으로 나갈 수가 없었다. 이는 다시 말해 작전 지휘를 할 수 없다는 것이었다. 물론 여기에는 견음이 중철과 홍주를 믿었기에 가능한 것이었다. 또 하나 견음이 방 밖으로 나가지 않은 이유는 군수를 안심시키기 위한 목적도 있었다.

군수의 침실에 불이 꺼지자 동헌 안에서 피운 연기가 동헌 안을 휘돌아 담장 밖으로 나가기 시작했다. 이와 동시에 밖에서 소리가 들려왔다.

"사또 나리, 왜 소녀의 억울함을 풀어주지 않으려 하십니까. 콜록, 콜록, 사…… 또…… 나…… 리, 소…… 녀…… 악."

이 소리가 나자 군수는 몸을 부들부들 떨었다. 몸을 떠는 군수를 본 동신은 침을 놓아서 안정시키기 시작했다. 동신의 침을 맞고 안정을 찾은 군수가 견음의 얼굴을 보자 견음은 얼굴에 미소를 짓고 있었다. 미소를 짓고 있는 견음을 이상하게 생각한 군수는 견음에게 무슨 일인지 물어보았다.

"견음, 자…… 자네. 그 미소의 의미는 무엇인가?"

"나리, 제가 미소를 짓는 것은 사건을 해결했다는 것입니다. 그러니 조금만 기다리십시오. 나리를 괴롭힌 정체를 보여드리겠습니다. 그러니 밖으로 나가시지요."


잠시 후. 견음과 군수, 동신이 방 밖으로 나가자 홍주가 머리를 풀어 헤치고 소복을 입은 여자를 포박해서 끌고 왔다. 그 뒤로는 중철과 태헌이 남자 둘을 포박해서 끌고 왔다. 이를 본 군수는 놀라는 표정을 지었고 한편으로는 안심을 했다. 그리고 옆에 있던 견음이 군수에게 포박당한 자들에 대해 말했다.

"군수 나리, 밤마다 나리를 괴롭힌 여자의 정체가 바로 저 소복을 입은 여자입니다. 저 여자가 동헌 담 뒤에서 울었던 것입니다. 귀신이 아니라."

"견음, 그렇다면 뒤에 있는 저놈들도 저 계집이랑 한패라는 것인가? 저들이 한패라면 사주한 놈이 있을 텐데. 안 그런가?"

"그렇습니다. 그놈은 나리도 잘 아는 놈입니다. 권승민이라고. 저들은 그 집의 노비들입니다. 아마도 권가 놈이 세금 때문에 이 일을 꾸민 것이라 생각됩니다."

"그래? 네놈들 똑바로 말하거라. 네놈들을 조사해 보니 네놈들은 권승민의 노비가 틀림없으렷다. 거짓으로 말해도 소용이 없다. 이곳 사람들 중에 네놈 얼굴 모르는 사람들이 없으니까."

군수의 추문이 이어지자 포박당한 남자가 자포자기하듯이 말했다.

"나리, 잘못했습니다요. 저희 같은 천한 것들이야 주인 양반이 시키면 시키는 대로 할 수밖에 없는 놈들입니다요."

"그렇다는 것은 권승민이 네놈들을 사주한 것이 맞다고 인정하는 것이냐?"

"그렇습니다."

권승민의 노비들이 권승민이 이번 일을 사주한 것이라 자백하자 군수는 미소를 지으며 김 이방에게 명령을 했다.

"그래. 그렇다면 김 이방. 당장 포졸들을 이끌고 권승민의 집에 가서 집을 수색하고 권승민을 잡아들여라."

군수가 소리를 치는 순간 동헌 문이 열리면서 현태를 필두로 한 포졸들이 사람 십여 명을 포박해서 들어왔다. 자세히 보니 이들은 권승민과 그의 식솔들이었다. 이를 본 순간 군수는 놀란 표정을 하며 견음을 바라보았다.

"견음, 자네가 미리 손을 쓴 건가?"

"네, 맞습니다. 지금부터 이야기해 드리죠."


이날 오전.

날이 밝자 견음은 군수의 침소로 가서 군수에게 인사를 드렸다.

"나리, 잘 주무셨습니까?"

"자네 덕분에 모처럼 편하게 잠을 잤네. 그나저나 언제쯤 목소리의 정체를 밝힐 수 있겠는가?"

"이 견음이 장담하건대 오늘 밤에 잡아드리지요."

"알겠네. 자네만 믿네."

"그럼 저도 일을 하러 가겠습니다."

견음은 군수가 편안한 밤을 보낸 것을 확인하고는 바로 근처 장에 있는 주막에 현태와 중철과 함께 갔다.

"주모. 여기 국밥 세 그릇 말아주시게."

"알겠습니다. 나리."

아침으로 국밥을 잘 안 먹는 견음이 국밥을 시키는 것을 보자 현태는 의아한 생각이 들었다. 궁금한 것을 못 참는 성격인 현태는 견음에게 물었다.

"그나저나 나리, 왜 아침부터 국밥입니까? 더 맛있는 것도 있는데."

"국밥이 먹고 싶어서 그런 것이다. 그러니 그냥 먹어라, 현태야."

이윽고 국밥이 나오자 견음 일행은 국밥을 먹기 시작했다. 견음이 두세 숟가락 정도 국밥을 떴을 때 옆에 있는 평상에 앉은 사람들이 신세 한탄하는 소리가 들렸다.

"농사를 아무리 지어도 뭐 하나. 농사지은 거 권가 놈이 다 가져가는데. 작년 봄 양식이 없어 내가 권가 놈에게 양식을 빌리고 빌린 만큼 가을에 수확을 하면 갚겠다는 차용증을 썼는데, 수확철이 되자 권가 놈이 수확한 것의 반을 가져갔지 뭔가. 에이 망할 권가 놈."

"칠봉이 자네가 빌린 것이라면 쌀 두 말 아닌가? 지난가을 자네가 수확한 것은 세 가마니인 걸로 아는데. 그럼 한 가마니 반을 가져갔다는 건가?"

"그렇다네. 나야 뭐 땅은 빼앗기지 않았으니 다행이지. 선준이
는 땅까지 다 빼앗겼다지 아마."

"선준이뿐인가. 성균이, 창현이, 명기도 땅을 다 뺏겼다네."

"정말 농사지어 권가 놈 배만 불려주는 것 같아."

옆 평상에 앉은 사람들의 소리를 들은 중철은 아무래도 뭔가
이상해 견음에게 말했다.

"나리, 저 옆 평상에서 하는 소리를 들으니 권승민이라는 놈,
악질 중의 악질인 것 같습니다. 보릿고개에 양식을 빌려주고는
가을에 몇 배 더 받기도 하고 심지어는 땅도 몰수하지 않습니
까?"

"그래. 권가 놈 악질이군. 한 번 조사해 봐야겠다."


"중철아, 넌 동신에게 가 보거라. 동신이 뭔가 부탁을 할 것이
다. 그것을 동래의 동신 집에 가서 가지고 와야 하느니라. 또한
애들도 다 데리고 와야 하느니라."

"알겠습니다, 나리."

견음으로부터 임무를 받은 중철은 바로 동헌으로 출발했다.
동헌으로 가는 중철을 뒤로하고 견음은 현태를 불러서 말했다.

"현태, 넌 나랑 권가 놈 집엘 가야겠다."

"그나저나 나리. 권가 놈 집에는 어떻게 들어갈 것입니까?"

"손님으로 들어가야지. 오시(오전 11시~오후 1시)에 보자꾸나."

손님이라는 말에 현태는 어리둥절했고, 견음에게 무언가 뜻이 있으려니 생각하고 이번에는 질문을 하지 않았다.

오시가 되자 깨끗한 옷으로 갈아입은 견음이 현태 앞에 나타났다. 현태로서도 견음이 깨끗한 옷을 입은 것을 별로 보지 못했기 때문이다.

"나리, 웬일로 깨끗한 옷을 입으셨습니까? 평소에는 잘 안 입으시던 분이."

"권가 놈 집에 손님으로 대접받으려면 깨끗한 옷을 입어야지. 안 그러면 들어가지 못하고 쫓겨날 것이야."

"그런 것이라면 나리가 감찰인 것을 밝히면 되지 않습니까?"

"그러면 얻고 싶은 것을 얻지 못하니까 그런 것이니라."

그렇게 견음과 현태가 이야기를 주고받으면서 걷는 동안 둘은 권승민의 집 앞에 다다랐다.

"이리 오너라."

"댁은 뉘십니까요?"

"주인 양반 안에 있는가? 나는 한간(김한록의 호, 정순왕후의 사촌오빠로 사도세자의 죽음에 깊이 관련되어 있고 정조가 왕위를 잇는 데 반대했다.)의 부탁을 받고 온 구원이라는 사람이야."

"그럼 제가 우리 대감마님께 말씀드리겠습니다."

견음이 예사 인물이 아닌 것을 확인한 승민의 하인은 권승민에게 말을 하러 갔다. 잠시 후 승민으로부터 이야기를 들은 하인이 견음에게 다가와서 말했다.

"나리, 우리 대감마님이 나리를 안채로 모시고 오라고 하십니다."

"알겠네. 어서 가세."

하인을 따라 안채로 간 견음을 보자 승민은 반갑게 맞아 주었다. 사실 승민은 노론 벽파 쪽 사람이라 같은 벽파의 영수인 한간과는 아는 사이였다. 그래서 견음은 노론 벽파를 사칭하고 승민에게 접근했던 것이다.

"구원 나리. 여기까지는 어인 일이십니까? 좌천이라도 당한 것입니까?"

"좌천은 무슨. 사직하고 내려오는 길이네. 자네가 잘 알다시피 난 가족이 없지 않은가? 그래서 유랑하고 있는 것이네."

"그렇습니까? 그러면 오늘 밤은 저희 집에서 묵으실 수 있습니까?"

"아니야. 난 그냥 잠시 자네와 이야기하러 온 것뿐이야. 한데 손님을 계속 마당에 세워 놓고 있을 건가?"

그제야 견음을 마당에 세워 놓고 이야기한 것을 안 승민은 무안해지면서 자기 방으로 견음을 안내했다.

"이거 죄송하게 되었습니다. 어서 안으로 드시지요."

이어 승민이 식솔을 바라보며 명했다.

"그리고 이 서방, 내 방으로 좋은 차를 가지고 오라고 하게."

"알겠습니다. 나리."

승민의 방으로 들어간 견음은 차를 마시며 승민과 이야기를 했다.

"차 맛이 좋군. 이거 청나라에서 가져온 차인가?"

"역시 나리, 보는 눈이 있습니다."

"하하하. 그나저나 자네 표정이 좋아 보이는군. 무슨 좋은 일이라도 있는 겐가?"

"이곳에서 좋은 일이랄 것이 있겠습니까. 다 이것 때문이지요."

승민은 소반의 서랍이 있는 쪽을 자신 쪽으로 돌려서 무언가를 꺼냈다. 승민이 꺼낸 것은 한 뭉치의 종이였다.

"그거 종이 뭉치 아닌가?"

"이것, 보통 종이 뭉치가 아닙니다. 제가 지난봄 보릿고개 때 백성들에게 양식을 빌려주고 받은 차용증이지요. 어차피 백성들이야 글(한자)을 모르니 내용을 알 수 없지요."

승민이 종이 뭉치를 보여주며 차용증이라 설명하자 견음은 속으로 빙그레 웃었다. 직감으로 이것이 주막에서 백성들이 말한 것임을 알았다. 그럼에도 견음은 확실하게 알아보기로 했다.

"그런가? 종이 뭉치를 보니 꽤 되는 것 같은데. 그리고 여기 손도장이 서명이고."

"맞습니다. 나리."

"그렇다면 백성들은 글(한자)을 모르니 자네가 그들로부터 받는 양을 마음대로 적어놔도 모르겠군. 그렇지 않은가?"

"바로 그것입니다. 그걸로 제가 땅을 받는 거죠."

"그래? 나도 해보고 싶군. 하나 나는 보는 눈이 많으니……."

"하하. 보는 눈을 속이는 방법도 많이 있습니다."

"그래? 그러면 나중에 자네가 나에게 알려 줄 수 있는가?"

"여부가 있겠습니까?"

"그나저나 나는 이제 가봐야겠군. 차는 잘 마셨네."

"더 있다가 가시면 안 되겠습니까?"

"그럴 시간 없네. 그런 다음에 봄세."

"그럼 조심히 가십시오."

"밖에까지 나올 필요는 없네."

그렇게 견음이 한 시간 반 정도 승민과 이야기한 후 승민의 집을 나왔다. 견음이 안에 있는 동안 심심해했던 현태로서는 견음이 안에서 무슨 이야기를 나누었는지 궁금해졌다.

"나리, 무슨 증거라도 잡았습니까?"

"증거? 아주 큰 것을 잡았지. 그래서 말인데 오늘 저녁에 끝낼 것이야."

"근데 나리, 나리만 알고 있을 겁니까? 그 증거라는 것."

"차차 보게 될 터이니 걱정하지 말거라. 동헌으로 가자. 동헌으로 가면 김 이방 좀 내 방으로 데리고 오거라."

"알겠습니다."


동헌으로 복귀한 견음은 신시까지 방에서 나오지 않고 낮잠을 자고 있었다. 신시가 되자 현태가 태헌을 데리고 견음이 있는 방 안으로 들어왔다.

"나리, 저를 찾으셨다고 들었습니다."

"김 이방, 여기 포졸이 몇 명 정도 되는가?"

"한 백 명 정도 되는 것으로 알고 있습니다."

"그럼 싸움 잘하는 사람으로 40명 정도 뽑게. 그들은 20명씩 둘로 나누게. 한쪽은 동헌 밖을, 나머지는 안쪽의 움직임을 살펴야 하네."

"예. 알겠습니다. 한데 군수 나리께 허가를 받으신 것입니까?"

"물론이지."

견음이 군수에게 포졸 사용을 허가받았다고 한 것은 물론 거짓이었다. 어차피 범인만 잡으면 그것은 무마될 수 있기에 신경을 쓰지 않았다. 거기에다 자신은 엄연한 감찰이 아니던가. 태헌이 나가자 견음은 현태와 중철을 불러들였다.

"중철아, 부탁한 것은 가져왔느냐?"

"물론입니다. 그리고 우리 애들도 데리고 왔습니다."

"현태 너는 애들을 데리고 권가 놈 집에 가서 그곳을 샅샅이 뒤지거라. 특히 권가 놈 방에 있는 소반을 샅샅이 뒤져서 종이 뭉치를 꼭 가지고 와야 하느니라. 그리고 권가 놈도 필히 잡아 와야 한다."

"알겠습니다. 나리."

"그리고 중철이는 해시가 되면 홍주를 도와주거라."

"알겠습니다. 나리."

밤 술시.

한 무리의 그림자들이 권승민의 집을 둘러싸기 시작했다. 이들은 대장으로 보이는 사내의 신호에 맞춰 담을 넘기 시작했다. 이들이 담을 넘는 소리가 들리자 남자 종들이 나와서 저항하기 시작했다. 하지만 남자 종들은 이들의 무술 실력을 당하지 못하고 포박되기 시작했다.

그 시각 현태는 승민의 방으로 들어가 문을 열었다. 그곳에는 놀란 승민이 떨면서도 자신의 하인을 불렀다.

"밖에 누구 없느냐? 당장 이놈을 잡아라."

"소리쳐도 소용없다. 이미 다 제압되었으니. 네놈이 권승민이렷다. 어려운 소작농들 등쳐 먹고도 무사할 줄 알았더냐?"

"무슨 소리를 하는 거야. 난 분명 차용증도 받았고 거기에 적힌 대로만 했을 뿐이야."

차용증 이야기가 나오자 현태는 소반 쪽으로 눈이 향했다. 이를 본 승민은 소반을 지키기 위해 안간힘을 썼지만 현태의 발차기 두 번에 꼬꾸라지고 말았다. 승민을 간단히 제압한 현태는 승민을 오랏줄로 묶고 나서 소반 안에 있는 종이 뭉치들을 주섬주섬 챙기기 시작했다. 종이 뭉치를 다 챙긴 현태는 승민을 방 밖으로 끌고 나왔다.

"다 잡아들였느냐? 빠져나간 놈들는 없는 거지."

"다 잡아들였습니다."

"그럼 동헌으로 이들을 끌고 가거라."


견음으로부터 그동안의 과정을 들은 군수는 견음이 보통내기가 아닌 것을 다시금 느끼게 되었다. 그러고는 승민이 있는 쪽을 보고는 고함을 치기 시작했다.

"권승민 네 이놈. 네놈이 왜 이 일을 꾸몄는가? 혹시 세금 때문에 그런 것이더냐. 내 알아보니 네놈이 체납한 세금도 꽤 되는 것으로 알고 있는데. 그걸 다 징수하려면 세금을 올릴 수밖에 없지 않으냐."

순간 승민의 표정이 일그러졌다. 그럼에도 불구하고 승민의 얼굴에는 반성하는 빛이 전혀 없었고 단지 분하다는 표정만이 있을 뿐이었다. 자신이 억울하다는 듯 결백함을 주장하려고 군수에게 말했다.

"나리, 전 억울하옵니다. 다 저놈들이 꾸민 일이지 저와는 상관이 없는 일이옵니다. 그리고 제가 밀린 세금은 꼭 낸다고 하지 않았습니까."

자신의 억울함을 말하고 군수를 올려다본 승민은 군수 옆에

낯익은 얼굴이 있는 것을 보았다. 그는 낮에 본 구원, 바로 견음이었다.

"다, 당신은 구원."

"구원. 그래 내 자가 구원이야. 하나 난 한간과는 전혀 상관없는 인물이야. 지금은 사헌부에서 감찰을 하고 있지. 호는 견음이고. 그나저나 네놈이 낮에 나에게 보여준 종이 뭉치를 기억하느냐. 거기에 네놈이 소작농에게 착취한 것이 다 적혀 있지 않았느냐. 국법에는 수확량의 10분의 1만 세금으로 거두게 되어 있는데 네놈은 그것의 절반도 모자라 소작농의 땅까지 착취하지 않았느냐. 그런데도 죄가 없다고 발뺌을 할 것이냐. 바로 이것이 그 증거다."

견음은 현태가 승민의 집에서 가져온 -그러니까 낮에 자신이 두 눈으로 확인한- 종이 뭉치를 포박된 승민의 눈앞에 보여주었다. 이것을 본 승민은 놀라는 표정을 지었다.

"여기 이것은 네놈과 소작농들이 맺은 차용증이 맞지? 여기 내용을 보면 보릿고개에 식량을 빌려주고 수확철에 수확량의 반을 네놈이 받겠다고 되어 있다. 여기 밑에 손도장은 소작농들 것이 분명하고, 그 옆에 서명은 네놈 것이고. 잘 보거라. 네놈은 차용증을 한자로 썼다. 이는 필시 소작농들이 한자를 모른다는 것을 알고 착취하기 위해서 그런 것이 분명하다. 소작농들은 한자를 모르니 당연히 여기 적힌 내용도 모르겠지. 만일 네놈이 정말 소작농들을 불쌍하게 여겼다면 이를 언문(한글)으로 작성을 했겠지. 내 말이 틀렸는가?"

"나리. 이 문서는 분명히 소작농들이 자기 손으로 서명을 한 것이옵니다. 저는 잘못이 없사옵니다."

끝까지 자신의 잘못을 인정하지 않은 승민을 본 견음은 분노한 표정으로 승민에게 소리를 쳤다.

"권승민, 네놈이 직접 말해 보거라. 소작농들 중에 한자를 아는 사람이 한 명이라도 있느냐? 한자를 아는 사람이었다면 이 따위 문서에 서명을 하지 않았을 것이다. 한자를 모르니 네놈 말만 믿고 서명을 한 것이 아니냐. 만일 이 문서가 언문으로 되어 있다면 소작농 그 누구도 서명을 하지 않았을 것이다."

이날 아침 주막에서 국밥을 먹었을 때 견음은 신세를 한탄하는 사람의 소리를 듣고, 현태를 시켜 그들에게 '차용증 내용을 왜 확인하지 않았는지' 물어보게 했다. 잠시 후 현태는 그들은 언문도 겨우 깨우쳤는데 차용증은 한자로 써 있어서 내용을 확인할 수 없었다고 했다. 그래서 권승민의 말만 믿고 손바닥 도장을 찍었다고 했다.

"이는 내가 소작농들에게 물어봤느니라. 소작농들 중 한자를 아는 사람은 한 명도 없었다. 이래도 네놈이 죄가 없다고 할 것이냐. 권승민 네놈의 죄는 여기서가 아니라 의금부로 끌고 가서 물을 것이니라. 알겠느냐?"

견음의 입에서 '의금부'라는 말이 나오자 승민의 몸은 부들부들 떨리기 시작했다. 의금부로 가는 것은 엄청난 고문이 있을 것이라는 말과 일맥상통하는 것이었다. 또한 잘못하다가는 살아서 돌아올 수도 없다는 것을 의미하기도 했다. 이런 것을 알고 있는 승민은 의금부 행만 피하고자 견음에게 빌었다.

"감찰 나리, 제가 잘못했습니다요. 모든 것은 제가 시킨 것입니다. 그러니 의금부로만 압송하지 말아 주십시오."

의금부 행을 필사적으로 피하고 싶은 승민의 말에 견음은 아무 미동도 하지 않았다. 그리고 뒤를 돌아보며 군수에게 양해를 구했다.

"군수 나리, 이 견음의 생각에는 사건이 중대하여 저 권가 놈을 의금부로 압송해야 할 것 같은데, 나리의 생각은 어떻습니까?"

"견음, 이 사건은 자네 뜻대로 처리하게. 그러니 자네가 의금부로 압송하고 싶으면 압송을 해야겠지."

군수의 확답을 들은 견음은 부하들에게 명령했다.

"여봐라, 권승민 저자를 당장 포박하여 의금부로 압송하라."

"예, 나리. 명 받들겠습니다."

결국 권승민은 자신의 바람과는 달리 소작농을 수탈한 죄로 의금부로 압송되었다. 이것을 본 군수는 비로소 안심을 했다. 그 순간 군수는 궁금한 것이 떠올라 견음에게 물어보았다.

"견음, 자네 어떻게 목소리가 귀신 목소리가 아니라 사람 목소리라는 것을 알았나?"

"저도 어젯밤에야 알았습니다."

견음은 전날 밤에 있었던 일을 군수에게 이야기했다.


전날 밤.

자신이 묵는 방으로 돌아온 견음과 동신은 조금 전 있었던 일에 대해 이야기했다. 정확히 말하면 여자의 목소리에 대해서 이야기했다.

"동신, 자네 귀신 소리에 무언가 이상한 것 못 느꼈는가?"

"난 못 느꼈는데. 견음 자넨 뭐라도 느꼈는가?"

"동신 자네, 귀신이 목이 쉰다는 것을 들어보았는가? 목쉰 귀신이 있다는 것을 들어보았냐 이 말이야."

"귀신이 어떻게 목이 쉬겠나. 그래, 나도 소리를 들으니 목이 쉰 것 같다는 생각을 했네. 목이 쉬었다면 그것은 귀신이 아니라 사람이겠지."

"그래. 자네 말대로 사람이지. 그러니 잡아야지."

그러고는 견음이 무언가 생각이 난 듯 동신에게 물었다.

"자네가 의원이니 나보다 더 잘 알 거 아닌가? 확실하게 목이 쉬었다면 조심해야 되는 게 무엇인지."

"그래, 목이 쉬면 솔잎 연기나 유황 연기는 피해야 하지. 솔잎 연기와 유황 연기는 목소리 쉬는 것을 악화시키지. 그런데 그건 왜?"

순간 동신도 무언가 생각이 난 듯했다.

"그렇다면 견음 자네……."

"그래, 맞아. 자네 집에 있는 오리 지금도 유황을 먹어서 키우지? 그럼 자네 집엔 유황도 있을 것이고. 그래서 말인데 서찰 하나 써주게."

"서찰은 왜?"

"서찰 없으면 자네 집 박 서방이 내어 주겠는가? 그러니 서찰을 써서 중철이 편에 보내는 것이야. 그래야 유황을 빨리 가져올 수 있지 않은가?"

"알겠네. 내 서찰을 써 주지."

지난밤 숙소에서 동신과 했던 이야기를 군수에게 들려주자 군수는 놀라움을 금치 못했다. 또 한편으로는 소문만으로 듣던 견음의 실체가 이토록 놀라운 것인지 새삼 깨닫게 되었다. 역시 견음은 견음이라 생각했다.

"그런가? 한데 난 왜 목소리가 이상하다는 것을 못 느꼈지?"

"그거야 나리께서 너무 긴장을 하신 탓에 제대로 못 들으신 것입니다."

"그런가? 하하."

목쉰 것을 왜 못 들었는지 안 군수는 약간은 부끄러웠지만 그래도 사건이 해결되어서인지 입가에는 미소를 지었다. 이를 본 견음과 동신은 비로소 사건이 해결되었다는 것을 실감했다.

사건 4.

사라진
강 진사

# 정조 8년 9월 11일.

계속될 것만 같은 무더운 여름도 추석이 지나자 가을에 자리를 내주었다. 북에서 시작된 단풍이 견음이 있는 동래에까지 내려왔다. 금성산, 백양산, 황령산 등 동래에 있는 산에도 색색의 단풍이 든 것을 보니 가을은 가을이었다.

견음은 아침 일찍 일어나 뒷마당에 서서 금정산에 물든 단풍을 감상하고 있었다. 실로 오랜만에 금정산의 단풍을 보니 견음은 자연스레 어릴 적 기억이 떠올랐다.

아마도 열여섯 살쯤 되었을 때였을 것이다. 그해 가을 견음은 금정산에 멧돼지 사냥을 하러 갔다가 멧돼지와 정면으로 마주친 적이 있었다. 견음은 자신에게 달려드는 멧돼지에 놀라 머리 위에 있는 나뭇가지를 잡고 간발의 차로 공격을 피했다. 하지만 운이 없게도 잡은 나뭇가지가 하필 자신의 무게를 이기지 못해 부러지며 견음은 땅바닥으로 추락했다. 견음이 떨어지는 소리를 들은 멧돼지는 견음을 공격하려고 달려들었고 이를 본 견음은 바닥에 바짝 엎드렸다. 이와 동시에 어디선가 총성이 들렸고 견음에게 다가오던 멧돼지는 그대로 견음 앞으로 꼬꾸라졌다.

꼬꾸라진 멧돼지를 본 견음은 재빨리 몸을 돌려서 피했다. 순간 쿵 하는 소리가 들렸고 견음의 옷에는 액체 같은 것이 스며들어왔다. 견음이 액체에 손을 찍어 보니 멧돼지의 피였다. 멧돼지는 목과 앞다리 사이에 총을 맞은 것으로 보였다. 멧돼지가 앞다리와 목 사이에 총을 맞은 것을 보면 필시 심장을 관통했다는 것이다. 그렇게 생각하고 안심하는 순간 멀리서 사냥꾼 한 명이 다가오고 있었다. 아마 총을 쏜 사람이 걸어오는 사냥꾼임을 직감한 견음은 다가가 감사 인사를 했다.

"목숨을 살려줘서 고맙습니다. 생명의 은인이신데 어떻게 사례를 해야 할지……."

"그저 나는 내가 할 일을 했을 뿐이오. 사례 같은 건 필요 없소. 내가 목숨을 살려줬으니 남은 생에서는 좋은 일을 많이 하시오. 그것이 내가 원하는 사례요."

사냥꾼은 퉁명스럽게 말을 하고는 자신이 잡은 멧돼지를 나무에 묶어서 메고는 산 아래로 사라졌다.

견음은 이 사냥꾼의 말이 시간이 지나고서도 계속 뇌리에 남았다. 어쩌면 일부러 가슴 깊숙이 간직하고 있는 것인지도 모르지만, 지금 자신이 백성들의 억울함을 풀어주는 일을 맡고 있는 것도 그때 사냥꾼의 영향도 있었을 것이라 생각했다.


　오랫만에 금정산의 단풍을 보면서 옛 기억을 추억하고 있을 때 대문 밖에서 견음을 찾는 소리가 들렸다. 마침 소리를 들은 중철이 대문으로 갔다. 대문으로 간 중철이 문을 열어보니 문 앞에 서 있는 사람은 동래부의 박 군관이었다.

　"박 군관 나리가 이 시간에 어쩐 일이십니까?"

　"부사께서 급히 견음 나리를 찾으시네. 나리 안에 계신가?"

　"지금 뒷마당에 계십니다. 제가 그리로 안내해 드리죠."

　동래 부사가 박 군관을 시켜 견음을 급히 찾는다는 말을 들은 눈치 빠른 중철은 무슨 일이 있는 것이라 생각을 했다. 그래서 박 군관을 직접 뒷마당에 있는 견음에게 안내를 한 것이다. 중철과 박 군관이 뒷마당에 가니 견음은 여전히 금정산의 단풍을 감상하고 있었다.

　금정산의 단풍을 감상하고 있던 견음은 발자국 소리를 듣고 그제야 뒤를 돌아보았다. 뒤에는 중철과 박 군관이 서 있었다.

　"나리, 박 군관 나리가 급히 나리를 뵙고자 청해서 이리로 모시고 왔습니다."

　"박 군관, 자네가 이 시간에 웬일인가?"

"나리, 지금 부사 나리께서 나리를 급히 찾습니다."

"동래 부사께서 이른 아침에 나를 찾는다는 것은 무슨 일이 있는 것 같은데. 그래, 무슨 일로 부사께서 나를 찾으시는겐가?"

"그것이…… 닷새 전 백양산 밑에 사는 강 진사 집 하인이 관아를 찾아와 자신의 주인이 친구와 백양산으로 단풍놀이를 갔다가 보름째 돌아오지 않는다고 신고를 했습니다. 그런데 아직 아무런 단서를 못 잡았다고 부사께서 노발대발하셔서 이렇게 나리를 모시러 온 것입니다."

"이번 사건은 실종 같은데. 왜 강 진사 집 하인은 보름이 지나서야 신고를 한 것인가? 그게 가장 이상한데."

보통 실종 신고는 집에 돌아오지 않으면 닷새 이내에 하게 되어 있다. 이번 강 진사의 경우는 보름이 지난 뒤에 신고를 했기에 견음이 의심을 품고 있는 것이다.

"나리, 그것이 그 집 하인의 말로는 강 진사는 매년 가을 단풍놀이를 가는데 한 번 가면 열흘씩 있다가 돌아오곤 했답니다. 그래서 처음 열흘 동안은 단풍놀이를 즐기고 있는 줄 알고 신고를 하지 않았다고 합니다."

"그건 그렇다 치고, 자네들은 닷새 동안 조사하면서 단서 하나도 찾지 못했다는 게 말이 되는 소린가?"

"저희도 신고를 받고 백양산을 이 잡듯이 뒤졌지만 아무것도 찾지 못했습니다. 이것 때문에 부사께서 노하셨고, 결국에는 나리를 찾는 것입니다."

"알겠네. 내 바로 부사께 가지."


단서를 하나도 찾지 못한 실종사건이라는 것을 알게 된 견음은 이 사건에 더더욱 관심이 갔고 나서서 해결해보고 싶었다. 자신이 해결하기로 마음먹은 견음은 동래부 관아에 갈 채비를 하고 중철과 현태와 함께 떠났다. 견음의 집무실과 동래부 관아는 지척이라 말을 타고 1각(15분)이면 도착할 수 있는 거리였다.

동래부에 도착한 견음은 박 군관의 안내로 동래부사의 집무실로 향했다. 집무실로 들어가니 부사는 초조한 모습으로 앉아 있었다. 아무래도 이번 실종 사건으로 머리가 아파서일 것이다.

"나리, 견음이 왔습니다."

"견음, 자네 왔는가?"

"나리 안색이 좋지 않은 것을 보아하니 이번 사건으로 신경이 곤두서 있는 것 같군요."

"자네도 박 군관에게 들어서 알겠지만 백양산 밑에 사는 강 진사가 단풍놀이를 갔다가 실종된 사건인데. 지금껏 단서 하나도 찾지 못했네. 그러니 이 사건을 해결하지 못할 수밖에 없지 않은가."

"그래요? 그러면 이 견음이 해결해 드리지요. 한데 제가 강 진사의 실종을 신고한 하인을 만나고 싶은데 만나볼 수 있겠습니까?"

"그런 것이라면 가능하지. 마침 여기에 와 있네. 여봐라! 강 진사 집 하인인 철민을 데리고 들어오게."

잠시 후 문이 열리고 몹시 긴장을 한 듯한 남자 하나가 포졸과 함께 들어왔다. 행색을 보아하니 이 자는 강 진사 집의 하인이 틀림없었다. 철민을 본 견음은 그에게 다가가 이번 사건에 대해서 물었다.

"자네가 이번 강 진사 실종을 신고한 강 진사 집 하인 철민이 맞는가?"

"예, 소인 강 진사 집 하인 철민이라 합니다."

"그래? 그럼 철민이 자네가 나에게 이번 사건에 대해서 소상해 말해줄 수 있겠는가?"

"당연이 해 드려야죠."

그제야 철민은 긴장을 풀 수가 있었다. 처음 부사 집무실로 불려갔을 때는 추문을 당하지 않을까 두려웠던 것이다. 하지만 철민이 간과한 것이 있으니 추문은 마당에서 하지 건물 안에서 하지 않는다는 것이다. 철민은 이것까지 생각하지 못해 긴장을 한 것이다. 그것도 잠시, 견음이 자신의 이야기를 듣겠다고 하니 마음의 안정을 찾았고 이번 사건에 대해서 이야기했다.

"그것이 이십일 전일 것입니다. 저희 주인 나리가 한동네에 사는 친구 주호 나리와 함께 백양산으로 단풍놀이를 간다면서 집을 나갔습니다. 주인 나리는 매년 가을 단풍놀이를 하러 가곤 해서 이번에도 그러려니 했습니다. 그리고 주인 나리는 한 번 단풍놀이를 가면 열흘 정도는 있다가 집으로 돌아오곤 했습니다. 그래서 이번에도 열흘 동안 돌아오지 않아 늘 그랬던 것처럼 돌아오실 것으로 생각했습니다."

"그래? 잘 들었네. 매년 강 진사는 단풍놀이를 갔고, 한 번 나가면 열흘 정도는 있다가 돌아온다 이 말이지."

"맞습니다. 나리."

철민의 말을 들은 견음은 잠시 생각을 했다. 매년 가을 단풍놀이를 가는 강 진사의 행동을 보면 이번 단풍놀이도 매년 가는 일종의 행사였을 것이다. 여기에다 단풍놀이를 하러 나가면 열흘 정도는 있다가 돌아오는 것을 보면 처음에는 의심이 가지

않을 수도 있겠다고 생각을 했다. 그래도 견음으로서는 닷새가
지난 후에 신고를 한 것이 의심스러웠다.

"철민이 자네. 그렇다면 열흘 동안 강 진사가 돌아오지 않은
것은 그렇다고 쳐도 한 이틀이 지나도 돌아오지 않았다면 바로
신고를 해야지 왜 닷새가 지나서야 신고를 한 것인가?"

"그것은 저희 주인 나리가 사흘 정도 늦게 들어오는 경우도
종종 있습니다. 그러니까 집을 나간 지 열사흘 뒤에 들어오는
경우가 종종 있어서 그동안은 신고를 하지 않은 것입니다."

"그러니까 자네는 자네 주인이 돌아오지 않은지 보름이 지나
서야 심각성을 깨달은 것이군."

"맞습니다. 나리."

"그렇다면 내가 철민이 자네에게 한 가지 물어볼 것이 있어.
혹시 강 진사와 같이 단풍놀이를 갔던 주호라는 사람도 여태껏
돌아오지 않았는가?"

"아닙니다. 그분은 돌아왔습니다."

강 진사와 같이 단풍놀이를 갔던 주호는 강 진사와 달리 실종
되지 않고 집으로 돌아왔다는 말을 들은 견음은 직감적으로
이 사건의 열쇠를 주호가 쥐고 있다고 확신했다. 이 사건을 풀
기 위해서는 반드시 주호를 조사할 수밖에 없다고 생각한 견음

은 몸을 돌려 뒤에 있는 부사를 쳐다보았다.

"나리. 이 견음이 나리께 청을 한 가지 해도 되겠습니까?"

"그래. 그 청이라는 것이 무엇인가?"

"이 사건을 해결하려면 강 진사와 같이 단풍놀이를 갔던 주호의 조사가 필요합니다. 그래서 말인데 나리께서 주호를 여기까지 데리고 올 수 있도록 명을 내려주시기 바랍니다."

"그것이라면 이려울 것이 없지. 밖에 박 군관 있는가?"

자신을 찾는 소리를 들은 박 군관은 즉시 동래 부사의 집무실로 뛰어 들어왔다.

"당장 백양산 밑에 사는 주호를 여기로 데리고 오게. 주호에게는 내 좀 보자고 한다고 전해 주게."

"알겠습니다. 부사 나리."


부사의 명을 받은 박 군관은 주호를 데리고 오기 위해 동래부 관아를 떠났다. 박 군관이 관아를 떠난 지 한 시간여. 박 군관은 주호를 데리고 동래부 관아 정문으로 들어오고 있었다. 박 군관과 같이 온 주호는 동래 부사를 보자 놀란 눈을 하며 말했다.

"부사 나리, 나리께서 저를 찾는다기에 여기까지 왔습니다. 한데 나리께서 저를 찾으시는 이유가 무엇입니까?"

"주호 자네. 이십일 전에 강 진사와 백양산으로 단풍놀이를 하러 간 것이 사실인가?"

"예, 나리. 강 진사와 저는 어린 시절부터 알고 지내던 친구 사이입니다. 강 진사와는 매년 가을이 되면 둘이서 단풍놀이를 가곤 했습니다. 한 번 집을 나가면 열흘씩은 있다가 집으로 돌아오곤 했습니다. 한데 이것을 왜 물으십니까?"

"그게 자네와 같이 단풍놀이를 간 친구 강 진사가 자네와 같이 단풍놀이를 간 후 아직도 집으로 돌아오지 않고 있다고 해서 물은 것이야."

철민에 이어 주호의 입에서도 같은 내용이 나오자 다들 강 진사가 단풍놀이를 갔고 으레 그런 것처럼 열흘 동안 들어오지 않자 그러려니 하고 생각했을 것이다. 그래서 신고가 늦은 것이다. 견음이 이렇게 생각을 정리하고 있을 때 주호가 말을 이어 갔다.

"부사 나리, 강 진사가 저와 같이 열흘간 백양산에 단풍놀이를 간 것은 사실입니다. 그런데 저희가 산을 내려가기로 한 날 강 진사가 조금 이상했습니다. 그날따라 강 진사가 자신이 따로 할 일이 있다면서 저보고 먼저 내려가라고 하고는 다른 길로 갔습니다. 이것이 제가 본 강 진사의 마지막 모습입니다."

"그날 강 진사가 어디로 간다고 자네에게 말하지 않았는가?"

"그냥, 혼자서 갈 곳이 있다는 말만 들었습니다."

주호에게 강 진사의 마지막 행적을 들은 견음은 그 마지막 행적의 열쇠만 풀 수 있다면 사건을 해결할 수 있을 것이라 생각을 했다. 더더욱이나 주호와 같이 가지 않고 혼자서 간 것이라면 여기에 무언가가 있는 것이 확실했다.

"자네, 주호라고 했는가? 나는 사헌부 감찰 견음이라고 하네. 내 생각에는 말이야, 강 진사가 자네를 혼자 놔두고 다른 곳으로 갔다면 그 누구에게도 말을 할 수 없는 것이 있는 것 같은데. 혹시 뭐라도 짚이는 것은 없는가?"

"한 가지 짚이는 것이 있기는 합니다."

"그래? 그것이 무엇인지 내게 말해 줄 수 있는가?"

"제가 사는 동네에 떠도는 이야기가 하나 있습니다. 강 진사가 동네 서당 훈장 민현복의 누이동생 현주와 그렇고 그런 사이라는 소문이 있습니다."

강 진사와 민현복의 누이동생이 그렇고 그런 사이라는 말을 들은 견음은 강 진사의 실종과 연결이 되는 것이라 생각을 했다. 그리고 이런 소문이라면 그 동네 사람들은 다 알 것이고. 이렇게 생각을 한 견음은 철민에게 물었다.

"철민이 자네도 자네 주인과 민현복의 누이동생이 그렇고 그런 사이라는 것을 들은 적이 있는가?"

"예, 저도 들은 적이 있습니다. 하지만 이는 어디까지나 소문일 뿐 자세한 것은 저도 모릅니다."

견음은 강 진사 집의 하인 철민도 주호와 같은 말을 하자 마을에서 떠도는 소문이 사실임을 알았다. 만약 현주와 강 진사가 소문대로 그렇고 그런 사이라면 민현복이 결정적인 열쇠를 쥐고 있는 것이 분명했다. 그렇다면 반드시 필요한 것은 민현복에 대한 조사였다.

"나리, 이 견음이 생각하건대 민현복이라는 사람에 대한 조사가 반드시 필요할 것 같습니다."

"조사가 필요하다면 해야지. 그러면 주호와 철민은 돌려보내도 되겠는가?"

"주호만 돌려보내십시오. 철민이는 제가 좀 데리고 다녀야 할 것 같습니다. 아무래도 저보다야 철민이가 그 동네 지리를 잘 알지 않겠습니까."

"견음, 자네가 원한다면 그렇게 하게."

"알겠습니다. 저는 바로 조사를 하러 떠나겠습니다."

부사와 견음의 이야기가 끝나자 부사는 주호는 돌려보내고 철민은 견음에게로 보냈다. 견음에게 온 철민은 영문도 모른 채 서 있었다.

"철민이, 내가 왜 자네를 돌려보내지 않은지 알겠는가?"

"소인이 어찌 그것을 알겠습니까?"

"철민이, 자네가 나보다 그 동네의 지리는 잘 알지 않는가? 그러니 자네 주인을 찾을 때까지 나를 도와줄 수 있겠는가?"

"여부가 있겠습니까. 성심을 다해 돕겠습니다."

동래 부사가 사헌부 감찰인 견음에게로 자신을 보낸다고 했을 때 혹시나 무슨 일이 있을까 걱정을 한 철민은 그대로 얼어버렸고 머릿속도 하얗게 변했다. 견음이 도와달라는 말에 도와주겠다는 말을 했지만 여전히 철민의 몸은 얼어 있었다. 이를 본 견음은 철민의 어깨를 툭 쳤다. 그제야 철민이 긴장을 푼 것이다.

"철민이, 자네 무슨 생각을 그리 하는가?"

"아닙니다, 나리."

"내 이번 사건을 조사하러 자네가 사는 마을에 가려고 하네. 자네가 나보다는 그곳의 지리를 잘 알 테니 안내를 해 주게."

"알겠습니다."

조사를 하러 갈 채비를 마친 견음 일행은 동래 부사에게 강 진사가 사는 마을을 조사하러 떠나겠다고 말했다.

"부사 나리, 저희들은 조사를 하러 떠나겠습니다."

"알겠네. 견음 자네가 이번 사건을 꼭 좀 해결해 주게."


부사에게 인사를 하고 동래부 관아를 떠난 견음 일행은 3각 만에 백양산 아래에 있는 철민과 강 진사가 사는 마을에 도착 했다.

"철민이, 여기가 자네가 사는 마을인가?"

"그렇습니다."

"그럼, 자네 민현복의 집이 어디인지도 잘 알겠군. 그럼 그리 로 나를 안내해 주겠는가?"

"알다마다요. 바로 안내하겠습니다."

철민의 안내를 받아 견음 일행이 다다른 곳은 백양산 자락에 자리 잡은 집이었다. 집의 모양새를 보니 한눈에 봐도 이 집이 서당을 하고 있는 집이라는 것을 알 수 있었다.

"감찰 나리, 여기가 제가 말한 민현복의 집입니다."

"그래. 한눈에 봐도 서당을 하고 있는 집 같은데."

"이리 오너라!"

견음이 집 안의 하인을 부르자 하인 한 명이 달려와 대문을 열어 주었다.

"댁은 뉘시오. 여기는 민현복 나리의 집입니다. 보아하니 나그네 같은데 볼일 없으면 가던 길이나 가시지요."

"내 이 집이 민현복의 집이라는 것을 알고 왔느니라. 아, 내 소개가 빠졌군. 니는 사헌부 감찰 견음이라는 사람이다. 자네 주인은 안에 있는가?"

순간 하인의 몸은 얼어붙었다. 사헌부 감찰이라면 집주인인 민현복도 함부로 할 수 없는 사람이라는 것을 하인도 잘 알고 있었다.

"네. 안에 있습니다."

"그럼 자네가 나를 자네 주인에게 안내하게."

"알겠습니다. 따라 오시지요."

하인의 안내로 견음은 민현복이 있는 사랑채로 갔다. 사랑채에는 민현복이 앉아 난을 치고 있었다.

"나리, 소인 양호입니다. 사헌부 감찰 나리께서 나리를 뵙자고 하기에 이리로 모시고 왔습니다."

"안으로 모시게."

"감찰 나리, 안으로 드시지요."

견음이 들어오면서 사랑채 안을 보니 물건이 잘 정렬되어 있었고, 물건을 놓은 곳에는 먼지 하나 없는 것을 보니 민현복의 성격이 꼼꼼하고 깔끔한 것이라 짐작을 했다. 방을 잠시 둘러본 견음은 민현복과 마주 보고 앉았다.

"감찰 나리께서 여기까지 어인 일이십니까?"

"내 긴말 않고 직설적으로 말하겠네. 자네도 강 진사가 주호와 단풍놀이를 갔다가 실종되었다는 것을 알 거야. 한데 실종 사건이라면 어딘가에 단서가 남아 있어야 하는데 단서가 하나도 없어. 그러니 조사를 제대로 못 하고 있어."

"강 진사가 실종된 것은 저뿐만 아니라 이 마을 사람들이라면 다 알고 있습니다. 한데 무슨 일이 있기에 저를 보자고 하신 것입니까?"

"내가 듣기로는 강 진사와 자네의 누이동생 현주가 그렇고 그런 사이라고 하던데. 그것 좀 자세히 이야기해 줄 수 있겠나?"

견음의 입에서 '현주'라는 말이 나오자 민현복은 묘한 표정을 지었다. 놀란 것 같지는 않았지만 뭔가 짐작이 가는 부분이 있는 듯한 표정이었다.

"강 진사와 저의 누이동생이 그렇고 그런 사이라는 것을 저는 예전부터 알고 있었습니다. 아마도 제가 열다섯 되던 해였을 것입니다. 강 진사가 저보다 두 살이 많고 현주가 저보다 세 살이 어리니, 그때 강 진사의 나이는 열일곱이었고 현주의 나이는 열둘이었습니다. 한 번은 강 진사가 백양산 계곡에서 목욕을 하고 있는 여자들을 보았고 그중 현주에게 다가가서 겁탈을 했습니다. 당연히 이 상황을 같이 있던 현주의 친구들이 보았고 이내 소문이 퍼졌습니다. 그 후에도 강 진사는 종종 현주가 있는 곳에 나타나 겁탈을 하곤 했습니다."

"그래? 한데 말이야. 내가 알기로는 강 진사는 그때 이미 혼인을 한 것으로 아는데. 만일 부인 몰래 현주를 좋아했다면 관아에 이야기하면 될 것이 아닌가? 물론 죄야 현주가 더 무겁겠지만."

"그렇게만 되었으면 아무 문제가 없었겠지요. 하지만 강 진사의 집안 때문에 그러지도 못했습니다. 나리도 아시다시피 강 진사의 외숙부가 삼도수군통제사입니다. 그러니 이 동네에서는 아무도 건드릴 수가 없는 것입니다."

"그렇군. 하긴 삼도수군통제사면 종2품이고 정3품인 부사 나리보다 높은 사람 아닌가. 잘못하다가는 자네 집안이 풍비박산이 날 수도 있었겠군."

조선 명탐정 견음

"그렇습니다."

여기까지 이야기를 들은 견음은 강 진사와 현주와의 관계가 어린 시절까지 거슬러 올라갔고 강 진사의 집안 때문에 민현복은 불륜관계를 알고도 관아에 말할 수가 없었던 것이다. 여기까지 생각을 정리한 견음은 다시 민현복에게 물었다.

"그건 그렇고 자네는 자네 누이동생이 강 진사를 만나는 것을 알고 있었음에도 자네 누이동생에게는 아무 말도 하지 않았는가?"

"그거야 제가 주의를 매번 주었습니다. 하지만 강 진사 집 하인들이 밤에 몰래 들어와 보쌈을 해서 데리고 갔습니다. 저희 하인을 시켜 감시해도 빈틈을 노려 들어오는 놈들을 어떻게 막겠습니까."

"그렇다는 것은 현주가 자네에게 이러한 것을 말했다는 것인데……. 내 말이 맞나?"

"그렇습니다."

서서히 드러나는 강 진사의 실체를 알고 나니 견음은 약간은 놀랐다. 하지만 조선의 법에서는 남녀 간의 불륜이라면 여자 쪽에 유리한 것이 하나도 없다. 그렇기에 관아에 신고도 할 수가 없었을 것이다. 이렇게 생각하고 나니 견음은 민현복의 처지가 이해가 되었다.

"자네 민현복이라 했나? 오늘 자네에게 중요한 정보를 잘 들었네. 내 오늘은 돌아갈 터이니 필요한 것이 있으면 또 자네에게 물어보겠네. 그때도 협조를 부탁하네."

"여부가 있겠습니까. 나리께서 필요하시면 나리를 돕겠습니다. 살펴 가십시오."

견음은 민현복을 조사해서 많은 것을 얻었지만 정작 결정적인 것은 하나도 얻지 못했다. 견음은 속으로 이 사건을 해결하는 데 시간이 걸릴 것이라 생각을 했다.


다음 날.

오전 사시(오전 9~11시)가 되어서야 아침을 먹은 견음은 마당을 산책하고 있었다. 마당을 세 바퀴쯤 돌았을 때 멀리서 박 군관이 견음 쪽으로 급히 뛰어왔다.

"박 군관, 자네가 급히 뛰어오는 것을 보니 무슨 일이 있는 것 같은데."

"나리, 지금 관아로 모시고 오라는 부사 나리의 명이 있어 모시러 왔습니다."

"그래, 부사 나리께서 나를 보자고 하는 이유가 무엇인가?"

"오늘 아침 백양산의 한 암자 아궁이에서 남자의 시신이 발견되었습니다."

"그래? 시신이 누구의 것이더냐?"

"그것을 저희도 파악하지 못해서 나리를 부른 것입니다."

"알겠네. 내 바로 동래부 관아로 가지."

시신이 발견되었다는 말을 들은 견음은 동래부 관아로 출발을 했다. 견음은 출발한 지 1각의 시간이 흐른 후 동래부 관아에 도착했다. 동래부 관아에 들어서니 부사가 마당 중앙까지 나와 있었다.

"나리, 시신이 한 구 발견되었다는 말을 듣고 부리나케 왔습니다."

"시신 한 구가 오늘 아침 선암사에 속해 있는 한 암자의 아궁이 속에서 발견이 되었네."

"시신을 처음 발견한 사람은 누구입니까?"

"선암사에 있는 동철이라는 중이 발견을 했네."

"그렇습니까? 저기 있는 중이 바로 동철입니까?"

견음은 50보가량 떨어진 곳에 있는 중을 보면서 말했다.

"그렇다네."

"그럼 저 중에게 물어봐야겠군요. 자세한 건 집무실에서 물어봐야겠습니다. 박 군관, 저기 있는 동철이라는 중을 부사 나리의 집무실로 데리고 오게."

부사와 견음이 부사의 집무실로 들어가자 조금 뒤에 박 군관이 동철이라는 중을 데리고 들어왔다.

"스님, 앉으시지요. 저는 사헌부에서 감찰을 맡고 있는 견음이라 합니다. 제가 이번 사건 조사를 맡고 있어서 그러니 자세한 이야기를 듣고 싶습니다. 저에게 이야기를 해 주실 수 있겠습니까?"

"여부가 있겠습니까. 소승이 본 그대로 이야기하겠습니다. 시신이 발견된 암자는 저희 선암사의 암자 중 가장 높은 곳에 있는 암자입니다. 높은 곳에 있는 암자다 보니 가는 길이 험합니다. 그래서 정말 깊은 수행을 하는 스님이 아니고서는 잘 가지도 않는 곳입니다. 그러니 비어 있는 시간이 많은 것입니다. 제가 알기로는 5년 정도는 비어 있었던 것으로 알고 있습니다."

"하면 스님께서 오늘 올라가신 이유가 무엇입니까?"

"얼마 전 저희 큰스님께서 다음 달부터 수행을 하고 싶다고 하셨습니다. 그래서 소승은 암자를 수리하러 갔던 것입니다. 아무래도 5년 동안 비어 있다 보니 큰스님이 지내시기에는 불편한 점이 많습니다. 방이야 청소를 자주 해서 바로 사용할 수 있지만 문제는 난방입니다. 아무래도 산 깊은 곳에 있어 선암사보다 더 추워서 방이 따뜻하지 않으면 큰스님이 겨울을 나기에는 힘듭니다. 그래서 제가 수리를 하러 갔던 것입니다."

"그렇군요. 시신은 아궁이를 수리하던 중 발견했다는 것입니까?"

"그렇습니다. 소승이 아궁이를 수리하러 갔을 때 아궁이 입구는 돌무더기로 막혀 있었습니다. 이것을 본 소승은 하는 수 없이 돌을 하나하나 빼서 입구를 열었습니다. 입구를 열고 보니 하얀 천으로 둘러싼 것이 또 막고 있었습니다. 그래서 소승은 이것을 아궁이 밖으로 빼내고 천을 벗겨 보았습니다. 천을 벗겨 보니 남자의 시신이 있는 것 아니겠습니까. 소승이 시신을 보니 얼굴 부분이 훼손되어 누구의 것인지 알 수가 없었습니다. 그래서 소승과 같이 온 스님에게 관아에 신고를 부탁했습니다."

동철의 이야기를 들은 견음은 오랫동안 사용하지 않은 암자의 아궁이 안이라면 시신을 숨기기에는 적당하다고 생각했다. 그리고 얼굴이 훼손된 것을 볼 때 살해당한 것이 확실했고 그 시간은 아마도 밤일 것이다. 낮에 살해했다면 그래도 보는 눈이 있을 것이고 시신을 바로 처리할 수도 없었다. 밤에 살해해서 바로 시체를 처리한 것이다. 시체를 처리하려면 산이나 바다가

적당했다. 하지만 바다는 시간이 지나면 시체가 떠오를 수밖에 없다. 산이야 구덩이를 파고 묻어버리면 발견될 확률도 낮았다. 그래서 시체를 버릴 장소로 산을 선택했을 것이다.

여기까지 생각한 견음은 시신을 직접 봐야겠다고 생각을 하고 부사에게 시신 검시를 요청했다.

"나리, 이 견음이 검시를 해서 시신의 주인이 누구인지 밝혀야겠습니다."

"알겠네, 그렇게 하게. 그나저나 이번에도 동신이 자네와 함께 하는가?"

"그렇습니다. 이 고을에서 동신만큼 잘하는 의원이 또 있습니까."

"그렇기는 하지."

"그럼 전 시신이 있는 곳으로 가겠습니다."


견음은 부사의 집무실을 나와 시신이 있는 곳으로 갔다. 그곳에는 이미 동신이 와서 기다리고 있었다.

"견음, 이제 검시를 해도 되는 건가?"

"당연하지. 검시를 시작하세."

검시를 시작한 견음과 동신은 시신에서 옷을 벗겼다. 옷을 벗

기니 여러 군데 찔린 상처가 있었다. 상처 주위를 보니 주변부는 오그라들고 혈흔이 사방에 맺혀 있었다. 이는 분명 살아 있을 때 찔린 것이었다. 만일 죽은 후의 상처라면 주변부도 오그라들지 않고 혈흔이 발견되지 않았을 것이다.

"동신, 자네 어떻게 생각하나?"

"뭘 말인가?"

"이자의 상처 중 어떤 것이 죽음으로 이르게 한 결정적인 상처였는지 말이야."

"보통, 복부와 왼쪽 가슴, 목을 찔리면 피가 많이 난다네. 여기가 혈이 넓다는 것이야. 그래서 한 번에 제대로 찔리면 살아남기 힘들어. 이 시신을 보니 목에는 상처가 없고 가슴 쪽의 상처는 깊지가 않아. 그렇다는 것은."

"여기 이 오른쪽 복부에 난 상처가 결정적이라는 것인가?"

"그렇다네. 여기 피가 튄 흔적도 많지 않나."

견음이 가리킨 오른쪽 복부에 난 상처 주위에는 다른 곳과는 달리 유독 혈흔이 많이 남아 있었다. 동신도 이 상처를 보니 이 정도면 결정적인 상처일 것이라 생각했다. 그리고 얼굴을 살펴보던 동신이 무언가를 찾은 듯한 미소를 지으며 견음을 쳐다봤다.

"견음, 얼굴을 보게. 내가 보기엔 얼굴이 돌에 맞아서 훼손된 것이 아닌 것 같은데. 둥근 것에 맞아서 생긴 것 같은데."

"그래? 어디 한 번 보지. 정말 그렇군. 얼굴이 훼손된 것은 뾰족한 것에 맞은 것이 아니라 둥근 것에 맞은 거야. 자네도 알다시피 산에 있는 돌은 전부 뾰족하지 않나. 그렇다는 것은 철퇴같은 둥근 것에 맞은 것이 확실하네. 그리고 얼굴에는 상처도 오그라들지 않고 혈흔도 없어. 이것은 살해를 당하고 나서 얼굴을 맞았나는 기야."

"자네 말을 듣고 보니 그렇군."

머리를 살펴본 견음은 다리로 시선을 옮겼다. 다리에는 왼쪽 발목을 빼고는 특별한 점이 없었다. 견음은 이 왼쪽 발목에 시선을 고정시켰다.

"그나저나 동신, 여기 왼쪽 발목을 보게. 이거 거머리에 피를 빨린 상처가 맞지? 자네 동생에게도 있는."

"그래. 맞아. 거머리에게 피를 빨린 상처가 맞아."

동신의 동생에게 있는 상처를 알고 있는 견음은 한눈에 시신 왼쪽 발목에 난 상처가 거머리에 피를 빨린 것이라는 것을 알아보았다. 그래서 시신에 난 상처를 본 견음은 무언가가 떠올랐다.

"동신, 자네가 의원이니 내 하나 물어볼 게 있는데."

"물어볼 것이라는 것이 무엇인가?"

"자네 치료를 하면서 거머리에 피를 빨린 상처가 있는 사람을 많이 보았는가?"

"많이는 아니더라도 가끔씩은 보았네."

"그렇다면 거머리에게 피를 빨린 곳이 같은 사람들을 본 적은 있는가?"

"아니, 그렇지 않아. 내가 본 바로는 거머리에 피를 빨린 부위가 각자 달랐어. 같은 부위를 물린 사람이 한 명도 없었어. 가령 오른쪽 다리에 피를 빨렸더라도 위치는 각각 다르지. 가만, 그렇다는 것은……."

"그래, 맞네. 시신이 발견된 동네의 사람 중 거머리에게 왼쪽 발목, 복숭아뼈 부근에 피를 빨린 상처가 있는 사람을 찾으면 시신의 주인이 누구인지 알 수 있겠지."


여기까지 생각을 한 견음은 왼쪽 발목에 있는 거머리에 피를 빨린 상처로 시신의 주인을 판별하기로 하고 종이에 그림을 그렸다. 그러고는 박 군관을 불러 그림을 보여주었다.

"박 군관 있는가?"

"부르셨습니까, 나리. 한데 이 그림은 무엇입니까?"

"이것이 시신 왼쪽 발목에서 발견된 상처야. 거머리에게 피를 빨린 흔적이지. 이 흔적을 가진 사람이 흔치 않을 것이야. 그러니 이 그림과 똑같은 것을 몇 장 그려서 강 진사가 사는 마을 곳곳에 붙이게. 그러면 이 상처를 아는 사람이 있을 것이야. 알겠는가?"

"알겠습니다, 나리."

박 군관이 견음에게 그림을 받아서 나간 두 시간 뒤 박 군관은 철민을 데리고 검시실에 왔다. 박 군관이 데리고 온 철민을 본 견음은 이 일을 예상한 듯 이전과 변함없는 표정을 하고 있었다.

"철민이, 자네가 여기 웬일인가?"

"여기 박 군관 나리가 붙인 그림을 보고 왔습니다. 저희 주인 나리께서는 어릴 적 왼쪽 발목에 거머리에 피를 빨린 적이 있습니다. 그래서 그곳에 상처가 있습니다."

"그럼 한 번 철민이 자네가 직접 보게."

철민이 시신에 가까이 다가가 왼쪽 발목에 있는 상처를 보자마자 털썩 주저앉아 울기 시작했다.

"나리, 이렇게 가시는 법이 어디 있단 말입니까? 말씀 좀 해주세요."

"확실히 이 시신이 강 진사가 맞는가?"

"그렇습니다."

"강 진사 왼쪽 발목에 거머리에게 피를 빨린 자국이 있다는 것은 자네 말고 집안 식구들도 다 아는 사실인가?"

"그렇습니다, 나리. 강 진사 집에 있는 사람들은 다 아는 사실입니다."

"그럼 박 군관 자네가 부사 나리께 보고를 하게. 이 시신이 강 진사의 것이라고."

"알겠습니다. 나리."


시신의 주인이 강 진사임을 확인한 견음은 이 사건이 우발적이 아니라 계획적으로 벌인 것이라 생각을 했다. 그렇지 않고서야 빈 암자의 아궁이 속에 시신을 유기하고 그 입구를 막지는 않았을 것이다.

"철민이, 자네 주인 시신은 이번 사건이 마무리되어야 돌려받을 수 있을 것이야."

"알겠습니다. 나리. 그나저나 소인이 한 가지 여쭤볼 것이 있는데 여쭤봐도 되겠습니까?"

"나에게 물어볼 것이 무엇인가?"

"혹시 저희 주인 나리가 살해당한 것입니까?"

"유감스럽지만 그렇다네. 한데 이걸 왜 묻는가?"

"짚이는 것이 한 가지가 있습니다."

"그래? 그걸 내게 말해줄 수 있겠는가?"

철민이 짚이는 것이 있다고 하자 견음의 표정이 무표정한 얼굴에서 진지한 얼굴로 바뀌었다.

"실은 근래 주인마님께서 늦은 시각에 혼자서 집 밖으로 나가는 일이 잦았습니다."

"그래? 깊은 밤에 그것도 여자 혼자서 집 밖으로 나갔다. 필시 이는 다른 집안사람들에게는 비밀에 부쳐야 할 것이 있는 것 같은데……. 혹시 자네는 강 진사의 처가 어디로 가는지 알고 있는가?"

"예. 제가 몇 번 뒤를 쫓아간 적이 있습니다. 그때마다 주인마님이 가신 곳은 민현복의 집 부근이었습니다. 거기서 민현복과 둘이서 만나 무언가를 주고받는 것을 보았습니다."

"그러면 자네, 혹시 둘이서 이야기를 나누는 것도 보았는가?"

"예. 이야기하는 것을 본 적은 있습니다만 거리가 멀어 무슨 이야기를 하는지는 듣지 못했습니다."

철민의 이야기를 들은 견음은 이내 표정이 심각해졌다. 강 진사 사건과 이번에 철민으로부터 새롭게 들은 내용을 바탕으로 조각을 맞추려고 했지만 도무지 맞는 구석이 없었다. 이런 것을 해결할 수 있는 방법은 견음의 경험상으로는 딱 한 가지밖에 없었다. 강 진사의 처를 조사하는 것이다. 여기까지 정리한 견음은 철민을 돌려보내고 중철과 현태를 불렀다.

"밖에 중철이와 현태 있는가?"

"찾으셨습니까? 나리."

"너희들 나랑 같이 강 진사가 사는 동네에 다시 가 봐야겠다. 가서 강 진사의 처와 이야기를 해 보아야겠다."

"나리. 갑자기 왜 강 진사의 처와 이야기하겠다는 것입니까? 설마 강 진사의 처를……"

견음이 강 진사의 처를 의심하고 있다는 생각을 한 중철은 어리둥절해했다. 자신의 머리로는 견음이 이 시점에 왜 이런 일을 하는지 이해가 되지 않았기 때문이다.

"아직은 아니야. 단서조차 잡지 못했는데 범인으로 단정 지을 수는 없지. 이번에 조사하는 것은 지난번에는 단순 실종으로 생각하고 강 진사의 처를 조사하지 않았기 때문이야. 그러니 쓸데없는 생각하지 말고. 갈 준비나 하거라."

"알겠습니다."

"그리고 너희들 강 진사가 사는 동네에 가거든 철퇴를 가지고 있는 집이 어디인지 알아보거라."

"철퇴는 무슨 일로."

"강 진사 얼굴이 훼손된 게 철퇴에 맞아서 그런 것이야. 그리고 철퇴는 아무나 가지고 있을 수 있는 물건이 아니야. 그러니 알아보라는 것이야."

"알겠습니다. 나리."


중철과 현태에게 명을 내린 견음은 그 길로 강 신사가 사는 마을을 향해 떠났다. 동래부와 강 진사가 사는 마을까지는 5리(약 2㎞)가 떨어져 있었다. 게다가 평지로 갈 수 있어 3각(45분)이면 도착할 수 있는 거리였다. 견음 일행이 떠난 지 3각이 조금 못 지난 시각에 그들은 강 진사의 집 앞에 도착했다.

강 진사의 집 앞에 다다른 견음은 대문을 한 번 쳐다보고는 전에는 하지 않았던 심호흡을 했다. 그러고 나서 안에 있는 사람을 불렀다.

"이리 오너라!"

"누구십니까? 여기는 강 진사 댁입니다."

"나는 사헌부 감찰 견음이라고 하네. 자네 주인인 강 진사의 실종사건을 조사하고 있다네."

"그렇습니까? 몰라봐서 죄송합니다."

"아니야. 그나저나 자네 안주인은 안에 있는가?"

"예, 있습니다."

"그럼 자네 안주인이 있는 곳으로 안내를 해 줄 수 있겠는가?"

"안내하겠습니다. 나리. 따라 오시지요."

강 진사 집 하인의 안내로 안채에 도착하자 안채에는 한눈에 봐도 강 진사의 부인으로 보이는 여자가 슬픈 얼굴을 하며 먼 산을 바라보고 있는 것이 보였다.

"마님! 사헌부 감찰 나리께서 마님을 뵙고자 합니다."

"이리로 모시고 오게."

하인의 안내로 견음은 신발을 벗고 안채 건물 안으로 들어섰다. 견음이 안으로 들어서자 강 진사의 처는 견음에게 예를 올리며 상석에 앉기를 권했지만 견음은 이를 사양하고 손님의 자리에 앉았다.

"나리. 제가 나리를 생각해서 상석을 권한 것인데, 왜 사양하시는 것입니까?"

"부인, 저는 사건을 조사하러 온 사람입니다. 제가 사건을 조사하러 다니면서 단 한 번도 상석에 앉은 적이 없습니다. 앉을 자격도 없고요."

"나리의 뜻은 알겠습니다. 그나저나 저에게 물어볼 것이 있다
는 말을 들었습니다만."

사실 견음은 강 진사의 처를 보기 전부터 어디서부터 사건을
설명해야 할지를 결정하지 못했다. 만일 강 진사의 처가 남편이
죽었다는 사실을 모른다면 충격을 받을 수도 있어서이다. 하지
만 흰 옷을 입고 있는 것을 봤을 때는 알고 있는 듯했다. 알고
있다면 있는 그대로 설명을 할 수밖에 없는 상황이다.

"부인도 들어서 아시겠지만 오늘 아침 강 진사가 선암사에 속
한 한 암자의 아궁이에서 죽은 채 발견이 되었습니다. 시체를
처음 봤을 때는 얼굴이 철퇴 같은 것에 맞아 알아볼 수 없을 정
도로 훼손이 심하게 되어 있었습니다. 그래서 누구인지 알 수가
없었습니다."

이어 견음이 말했다.

"이 시체를 동래부 관아로 옮긴 뒤 저와 동신은 검시를 했습
니다. 아마 부인께서도 이곳 명의인 동신의 실력은 들어서 잘
알고 있을 것이라 생각을 합니다. 검시를 하는 중 왼쪽 발목에
거머리에게 피를 빨린 흔적이 있었습니다. 이를 토대로 조사를
해 본 결과 이 동네에서 이런 상처가 있는 사람은 한 명뿐이라
는 것을 알았습니다. 그 한 명을 조사해 본 결과 강 진사라는

것을 알았습니다. 이는 이 집 하인 철민이도 보고 확인을 했습니다."

"흑흑흑…… 그 시신 제 남편의 것이 맞습니다. 저도 남편이 왼쪽 발목에 거머리에 피를 빨린 상처가 있다는 것을 알고 있습니다."

강 진사의 처도 철민과 같이 강 진사의 왼쪽 발목에 거머리에게 물린 상처가 있다고 말하자 견음은 시체가 강 진사가 틀림없다고 생각했다. 그렇다면 강 진사의 처도 강 진사와 현주의 관계를 알고 있을 것이라 생각을 했다.

"그렇다면 부인. 강 진사와 민현복의 누이동생 현주가 그렇고 그런 사이라는 것도 알고 있었습니까?"

"네. 저도 알고 있었습니다. 제 두 눈으로도 확인을 했습니다."

"하면 이걸 가지고 두 분이서 싸우지는 않았습니까?"

"싸운 적은 없습니다. 싸워봐야 저만 불리해지는걸요. 그러니 저는 남편이 집 밖에서 하는 일에는 신경을 쓰지 않았습니다."

조선 시대 법은 남녀가 싸운다면 여자에게 절대적으로 불리했다. 일례로 남편이 아내를 때리면 죄가 없거나 가벼웠지만 아내가 남편을 때린다면 죄는 무거웠다. 그러니 강 진사의 처도 강 진사에게 불륜에 대해서는 함부로 말을 할 수 없었던 것이다.

"그렇다면 부인은 사건이 일어났던 날, 다시 말해 강 진사가 단풍놀이를 간다고 집을 떠난 날에도 신경을 쓰지 않으셨습니까?"

"네. 제 남편은 해마다 가을이 되면 단풍놀이를 가곤 했습니다. 갈 때마다 열흘씩은 집을 비웠습니다. 그래서 이번에도 그러려니 하고 신경을 쓰지 않았습니다."

"알겠습니다. 그리고 제가 듣기로는 늦은 밤에 혼자서 어디를 나간다고 하는데. 어디를 가는 것입니까?"

"그건, 남편이 돌아오지 않아 매일 밤 남편이 돌아오게 해 달라고 사당에 빌러 가는 것입니다."

늦은 밤 혼자 밖에 나간 이유를 묻는 견음의 말에 강 진사 처는 몸을 떨었다. 이를 본 견음은 강 진사의 처가 거짓을 말한다는 것을 알았다. 하지만 견음은 여기서 직접 '왜 거짓을 말하고 있느냐?'는 말은 하지 않았다.

"부인, 그 때문에 사당에 빌러 가신 것이 맞습니까? 혹시 다른 목적으로 간 것은 아니지요?"

"저, 저는 단지 빌러 간 것뿐입니다."

"알겠습니다. 오늘은 제가 여기까지 하겠습니다. 필요하면 다시 찾아오겠습니다."

"살펴 가십시오. 나리."


뜻밖의 수확을 건진 견음은 속으로 빙그레 미소를 지으며 밖으로 나와 중철과 현태와 약속한 주막으로 향했다. 주막에 도착해 보니 그곳에는 중철과 현태가 없었다. 중철과 현태가 없는 것을 본 견음은 자신이 빨리 온 것이라 생각하고 국밥을 시켜서 먹고 있었다.

견음의 국밥 그릇이 반쯤 비워질 때쯤 중철과 현태가 주막으로 달려오고 있었다. 주막에 도착한 중철과 현태는 견음이 벌써 도착해서 국밥을 먹고 있는 것을 보고 놀랐다.

"뭘 그렇게 놀라느냐. 내가 일이 빨리 끝나서 일찍 도착한 것뿐이니라. 마침 배도 고프고 해서 국밥을 먹고 있었던 거야."

"그래도 혼자 먹는 것은 너무합니다."

"그래서 내가 너희들 것까지 미리 주문을 한 것이야. 여기 봐라. 김이 나는 국밥 그릇이 두 개가 있지 않느냐. 그러니 먹으면서 이야기하자."

"알겠습니다."

"그나저나 내가 알아보라고 한 것은 알아봤느냐?"

"예, 나리. 이 동네 사람들에게 듣기로는 철퇴를 가지고 있는 집이 민현복의 집 밖에는 없다고 합니다. 그리고 이 동네 사람 중 철퇴를 휘두를 수 있는 힘을 가진 자는 민현복밖에는 없다는 말을 들었습니다."

"그래? 그럼 민현복이 의심스러운데……. 일단 너희 둘은 내일 미시까지 지금부터 내가 명령하는 것을 해야 된다. 알겠느냐?"

"알겠습니다."

중철과 현태를 가까이 부른 견음은 낮은 목소리로 중절과 현태에게 말을 했다. 견음의 명령을 들은 중철과 현태는 국밥을 다 먹자마자 주막에서 나왔다. 중철과 현태가 나가는 것을 본 견음도 주인에게 밥값을 치르고 동래부로 가기 위해 발걸음을 돌렸다.

백양산 자락의 마을에서 중철과 현태와 떨어져 동래부에 도착한 견음은 동헌의 부사 집무실에서 단둘이 마주 앉아 있었다.

"견음, 뭐 좀 알아낸 것이 있는가?"

"예, 나리. 오늘 아침 선암사 암자에서 발견된 시신은 강 진사의 것으로 확인되었습니다. 왼쪽 발목에 난 거머리에게 피를 빨린 상처가 결정적이었습니다. 이는 제가 강 진사의 처와 그 집 하인 철민을 통해서 확인을 했습니다."

"그렇다면 범인은 누구인가? 그리고 자네 범인을 잡을 수 있겠는가?"

"나리, 걱정하지 마십시오. 이 견음이 내일 미시까지 잡아서 이곳으로 데리고 오라고 했습니다. 그때까지는 범인에 대해서 말해줄 수가 없습니다. 이 점 양해해 주시기 바랍니다."

"알겠네. 내 자네만 믿네."

부사는 범인의 정체를 알려주지 않은 견음이 무례하기도 했지만, 한편으론 신중을 기하고 있다고 생각해서 다음 날 미시까지 기다리기로 했다. 견음이라면 자신이 약속한 것을 꼭 지킨다는 것을 알기 때문이다.


다음 날, 동래부 관아.

아침부터 부사는 초조한 모습으로 집무실을 왔다 갔다 했다. 견음이 약속한 미시까지는 얼마 남지가 않았지만 정작 범인을 잡아오겠다는 견음은 자신 옆에서 차만 석 잔째 마시고 있었다.

"자네, 범인을 잡으려면 직접 가봐야 되지 않은가?"

"아닙니다. 이미 제 부하들에게 명령을 해 두었습니다. 그러니 미시까지 기다려 보십시오. 미시가 되면 저 문으로 범인이 포박되어 올 것입니다."

"자네, 정말 확신하는가? 자네 부하들이 범인을 잡아 올 것이라는 것을."

"나리, 저 견음입니다. 저는 못 지킬 말을 입 밖에 내지 않습니다."

"알겠네. 내 딱 미시까지만 기다릴 것이야. 미시까지 범인을 데리고 오지 않으면 내 자네를 가만두지 않을 게야."

"어부가 있겠습니까. 하나 그럴 일은 없을 것입니다. 나리."


부사와 견음이 이야기를 주고받는 동안 시간은 미시가 가까워져 왔다. 미시가 가까워져 오자 견음은 휴대용 해시계를 쳐다보는 횟수가 점점 늘어났다. 이윽고 정확히 미시가 되자 동래부 관아의 문이 열리고 남자 한 명과 여자 두 명이 포박을 한 채 끌려오고 있었다.

"자네가 말한 범인이 저들이었나?"

"그렇습니다, 나리. 범인은 민현복과 그의 누이동생 현주, 그리고 강 진사의 처입니다."

"그래? 그렇다면 저들이 범인임을 입증할 증거는 있겠지."

"그렇고말고요."

"그렇다면, 여봐라. 저 죄인들을 형틀에 묶어라."

부사의 명이 떨어지자 포졸들이 의자 세 개를 가져와 죄인들을 앉히고 포박했다. 포박이 끝나자 본격적인 심문이 시작되었다.

"네놈들의 죄는 네놈들이 잘 알렸다. 민현복, 네놈은 왜 강 진사를 죽인 것인가?"

"나리, 소인은 아무 잘못이 없습니다. 그저 저기 있는 강 진사 처가 시켜서 한 것뿐입니다."

"아닙니다. 부사 나리, 저는 민현복이 시키는 대로 했을 뿐입니다. 저는 아무 잘못이 없습니다."

민현복과 강 진사의 처가 자신의 죄를 인정하지 않고 서로에게 죄를 넘기는 것을 본 부사는 화가 단단히 난 표정을 하고 소리를 쳤다.

"네놈들, 아직도 정신을 못 차린 것이냐? 그래. 그럼 둘의 변명을 들었으니 현주 너도 이야기를 해 보거라."

"나리, 이 모든 것이 저 때문에 일어난 것입니다. 이 두 분은 아무 잘못이 없습니다. 그러니 저를 벌주세요."

"그래? 견음, 저 현주의 입에서 나온 말이 사실인가?"

"현주 때문에 일어난 일이 맞기는 합니다만, 민현복과 강 진사 처에게도 잘못이 있습니다. 민현복과 강 진사의 처 저 둘이 이번 사건을 주도한 자들입니다."

"나리, 저 두 분은 잘못이 없습니다. 다 제 잘못입니다."

견음의 입에서 민현복과 강 진사의 처가 이번 사건을 주도했다는 말이 나오자 현주는 저들의 잘못을 강력히 부인을 했다. 그럼에도 견음은 이 사건의 주도자가 민현복과 강 진사의 처라는 것을 확신하고 있었다. 거기에는 전날 강 진사 집 안채에서 본 것과 이날 아침 민현복의 집을 급습해서 발견한 증거가 있었다.

"현주야, 왜 저 두 사람을 두둔하는 거냐. 내 저 둘이 이 사건을 모의한 증거를 가지고 있느니라."

그러면서 견음이 말을 이었다.

"민현복과 강 진사의 처는 이것을 보거라. 내 오른손에는 어제 강 진사의 처가 준 글이 있고 왼손에는 민현복의 집에서 발견된 서찰이 있다. 이 두 글을 비교해 보니 서체가 일치했다. 이말은 민현복 네놈과 강 진사의 처가 서찰을 주고받았다는 것이다. 서찰은 이것 말고도 여러 통이 발견되었는데 서체는 모두 동일했다. 그러니 서찰들은 강 진사의 처가 보낸 것이 확실하다. 그 내용을 보니 민현복 네놈과 강 진사의 처 그리고 현주가 서로 짜고 이번 사건을 모의했다는 것이다. 그래도 발뺌을 하겠느냐?"

견음의 손에는 글을 쓴 종이 두 장이 들려 있었고, 서찰의 내용이 견음의 입에서 나오자 민현복과 강 진사의 처 그리고 현주는 고개를 숙였다. 그것을 본 부사는 어떻게 그것을 입수했는지 궁금해서 견음에게 물었다.

"견음, 자네 그것은 어떻게 입수를 했는가?"

"그것은 말입니다……."

견음은 천천히 전날과 이날 아침에 있었던 이야기를 하기 시작했다.

전날.

견음은 강 진사의 집 안채에 들어갔을 때 소반 위에 있는 글이 유독 눈에 들어왔다. 글을 언문으로 쓴 것으로 보아 강 진사의 처가 쓴 것임이 분명했다. 그래도 글씨가 좋아 견음은 강 진사의 처로부터 한 점을 얻고자 했다.

"부인! 소반 위에 있는 종이에 쓴 글 말인데. 글이 언문으로 쓴 것을 보아하니 부인이 직접 쓰신 것 같은데 맞습니까?"

"예, 맞습니다."

"글씨가 너무 좋아서 그런데, 제가 한 점 얻어가도 되겠습니까?"

"그렇게 하시지요."

그렇게 견음은 강 진사의 처가 쓴 글을 얻었다. 물론 목적은 강 진사의 처에게 말한 것과는 다른 것이었다. 진짜 목적은 글씨 대조를 위한 것이었다. 이렇게 강 진사의 처가 쓴 글을 얻은 견음은 주막에 가서 중철과 현태에게 다음 일을 명령했다.

"너희 둘 잘 듣거라. 내일 사시에 민현복의 집을 급습할 것이다. 그래서 하는 말이니 현태는 박 군관에게 가서 포졸들을 이끌고 오라고 하거라. 그리고 중철이는 박 군관이 포졸들을 끌고 오면 다섯 명을 데리고 강 진사의 처가 집 밖으로 나가지 못하도록 감시하거라."

"알겠습니다. 나리."


이날 사시.

견음과 박 군관은 포졸들을 이끌고 민현복의 집 안으로 들어갔다. 미리 담을 넘어가 있던 현태가 문을 열어준 덕분에 조용히 들어갈 수가 있었다. 집 안으로 들어간 박 군관과 포졸들은 집 안에 있는 사람들을 하나하나씩 제압해서 마당에 꿇어 앉혀 놓았다. 그 사이 견음은 건물 여기저기를 다니며 수색을 하기 시작했다. 그러던 중 창고 안에서 철퇴 하나를 발견했다. 철퇴를 보니 철퇴 자루에 핏자국이 있었다. 이는 분명 강 진사의 피가 확실했다. 그리고 나서 안방을 뒤져보니 언문으로 된 서찰을 몇 통 발견했고, 이를 자신이 가지고 있던 강 진사의 처가 쓴 글과 서체를 비교해 보니 일치했다.

"민현복은 듣거라. 네놈을 이번 강 진사 살해 사건의 범인으로 체포한다. 그리고 네놈의 누이동생 현주도 같이 체포한다. 조사는 동래부 관아에서 할 것이니, 박 군관! 이 자들을 끌고 가게."

"예, 나리."

민현복과 누이동생 현주를 체포해 박 군관에게 인도한 견음은 현태를 데리고 강 진사의 집으로 갔다. 강 진사의 집 밖에서는 이미 중철이 안을 감시하고 있었다.

"중철아, 강 진사의 처는 안에 있는 것이냐?"

"그렇습니다. 나리."

"알겠다. 그럼 들어가서 체포를 하자. 저 여자도 이번 사건의 공범이다."

"알겠습니다."

강 진사의 집 안으로 들어간 견음과 중철은 어렵지 않게 강 진사의 처를 체포해서 동래 관아로 압송을 했다.

여기까지 이야기를 들은 부사는 역시 '견음'이라는 생각을 했다.

"이야기는 잘 들었네. 역시 견음이야. 한데 자네 발 앞에 있는 저 철퇴는 무엇인가?"

"철퇴는 민현복의 집 창고에서 발견된 것입니다. 이번 사건에 쓰인 것이기도 합니다. 이 철퇴를 보면 쇠로 된 부분에는 물로 씻어서인지 아무런 흔적이 남아 있지 않습니다. 하지만……."

"하지만 뭔가?"

"여기 자루 부분을 보면 붉은 얼룩이 있습니다. 이 붉은 얼룩은 사람의 피입니다. 정확히 말해서는 강 진사가 얼굴을 맞았을 때 튄 것입니다. 이는 제가 시신의 얼굴에 난 상처와 저 철퇴를 비교해 보니 딱 맞아떨어졌습니다. 물론 이 철퇴와 똑같은 모양의 철퇴가 있겠지만 똑같은 부분이 똑같이 닳아 없어진 철퇴는 어디에도 없습니다."

"그렇군."

견음으로부터 설명을 들은 부사는 견음이 왜 철퇴를 증거물로 가지고 왔는지 이해가 되었다. 그래도 부사는 이번 사건의 흐름을 이해하지 못했는지 견음에게 다시 물었다.

"견음, 이번 사건은 어떻게 된 것인가? 자세하게 설명 좀 해 주게."

"제가 조사한 바로는 이 사건을 치밀하게 계획했습니다. 그래서 날짜를 강 진사가 단풍놀이를 가는 날로 맞췄고요. 민현복과 강 진사의 처는 각각 강 진사가 자신들의 가족들에게 하는 행패에 못 이겼습니다. 민현복이야 자신의 누이동생이고 저기 있는 강 진사의 처 같은 경우는 오라버니들이죠. 강 진사가 자신의 처남들에게 행패를 많이 부린 것으로 조사되었습니다. 그래서 민현복과 강 진사의 처가 밤에 만나 이번 사건 모의를 했던 것입니다. 사건을 치밀하게 계획을 하더라도 강 진사가 그물에 걸리지 않는다면 소용이 없겠지요. 그래서 확실한 미끼를 던진 것입니다. 그 미끼는……"

"당연히 현주일 것이고."

"맞습니다. 강 진사를 끌어들일 미끼로는 현주가 가장 알맞은 것입니다. 그렇게 따로 강 진사를 불러낸 현주는 미리 약속한 장소로 강 진사를 유인했습니다. 그곳에는 민현복이 숨어 있었습니다. 민현복 저자에 대해 조사한 바로는 무예 실력이 있는 자입니다. 그런 자라면 강 진사 하나쯤 보내기는 식은 죽 먹기나 다름이 없었겠지요."

"강 진사의 시체를 암자 아궁이에 유기했다는 것은……"

"아무래도 산속에 땅을 파고 있으면 지나가는 사람들이 의심을 하겠지요. 더더욱 시신을 가지고 마을로 갈 수도 없으니 방법은 단 한 가지 밖에는 없었던 것입니다. 폐가 같은 곳에 유기시키는 것이죠. 하지만 산속에는 폐가는 없을 것이고. 당연히 남은 것은……"

"사람의 발길이 끊긴 암자라는 말이군."

"역시 부사 나리이십니다. 부사 나리의 추측이 맞습니다. 하지만 발길이 끊긴 암자에서라도 땅을 팔 수는 없었습니다. 나리도 동철이라는 중이 한 말 기억하시지요. 동철은 가끔씩 방청소를 하러 암자에 올라온다고 하지 않았습니까. 그러니 땅을 팠다면 그 흔적을 알아볼 수도 있을 것입니다. 그래서 생각해 낸 것이 아궁이 속에 넣고 입구를 막는 것이었습니다."

"그렇군."

"그리고 이러한 것을 민현복과 강 진사의 처가 서찰로 주고받았다는 것입니다. 물론 서찰은 언문으로 주고받았습니다. 아무래도 강 진사의 처가 한자를 모를 테니까요. 자세한 것은 여기 있는 서찰에 그 내용이 자세히 나와 있습니다."

견음의 추리를 들은 부사는 다시 한번 견음의 추리 능력에 혀를 내둘렀다. 역시 '견음'이라는 말이 괜히 있는 말이 아니었다.

"네놈들 견음이 한 이야기를 들었느냐? 민현복과 강 진사의 처, 네놈들은 그러고도 범행을 계속 부인할 것이냐? 그리고 현주 넌 왜 오라버니와 저자의 잘못을 뒤집어쓰려고 하느냐?"

"제 오라버니와 강 진사댁 마님 저 두 분은 저 때문에 이 일을 벌인 것입니다. 저만 아니었다면 이 일이 일어나지 않았을 것입니다."

"그래도 사람을 죽인 것은 잘못한 것이니라."

"나리, 잘못했습니다. 제가 다 말하겠습니다."

사건의 증거가 나오고 부사의 추문이 이어지자 더는 견디지 못한 민현복이 입을 열어 사건에 대해 말을 했다.

"사실 강 진사와 현주와의 불륜 때문에 저는 사람들로부터 많은 멸시를 받았습니다. 그래서 멸시를 피하기 위해서 현주를 가둬 두기도 했지만 강 진사 집 하인들은 귀신같이 찾아서 보쌈을 하고 갔습니다. 그리고 강 진사는 개울같이 모두가 볼 수 있는 장소에서 현주를 겁탈했습니다. 그것을 본 저는 분노를 참지 못했습니다. 그래서 강 진사를 없애버리려고 했습니다. 생각해 보십시오. 모두가 보는 장소에서 겁탈을 당한 현주의 마음이 어떨지. 그리고 이것 때문에 시집을 못 가는 현주의 마음은 어떤지."

여기까지 말한 민현복은 눈물을 흘렸다. 아무래도 자기 누이동생이 공개된 장소에서 겁탈을 당해도 오라버니로서 해 줄 수 있는 것이 없어서였을 것이다. 민현복이 계속 눈물을 흘리자 이번에는 강 진사의 처가 이번 사건에 대해 이야기했다.

"저도 제 남편이 민현복의 누이동생과 그렇고 그런 사이라는 것을 알고 있었습니다. 그럼에도 참아왔던 것은 제가 아이를 갖지 못했기 때문입니다. 아이를 갖지 못한 제가 무슨 할 말이 있겠습니까? 그래도 처음 몇 년은 아이가 생기겠지 하는 생각으로 참았습니다. 하지만 아이를 가지지 못한 것이 오래되자 남편의 태도가 달라졌습니다. 남편은 밤에 같이 잠자리를 하지 않았습니다. 그리고 술을 많이 마시고 오는 날에는 저의 친정에 가서 행패를 부리기도 했습니다. 그때마다 제 오라버니들은 저 때문에 아무 저항도 할 수 없었습니다. 이런 제 오라버니를 보니 화가 치밀어 민현복과 함께 이 사건을 모의하게 되었습니다."

"그래? 현주야. 저 두 사람의 말이 맞는 것이냐?"

"맞습니다. 하지만 이 모든 것이 저 때문에 생긴 일입니다."

세 명의 진술이 끝나자 심문을 하는 마당 분위기는 가라앉았다. 하지만 자신이 저지른 죄에 대해서는 죗값을 치러야 하는 법. 견음은 동래 부사에게 이 사건의 판결을 넘겼다.

"부사 나리, 이제 이 견음이 할 일은 다 끝난 것 같습니다. 나리께서 저들의 형을 정해서 죗값을 치르게 하면 됩니다."

"수고했네, 견음. 여봐라, 죄인들을 즉시 옥에 가두거라."

동래 부사가 명령을 하자 포졸들이 달려와 의자에 묶인 밧줄을 풀고 죄인들을 옥으로 끌고 갔다. 동시에 이를 보는 견음의 눈에는 어느새 눈물이 고였다. 그만큼 비극이었던 사건인 것이다.

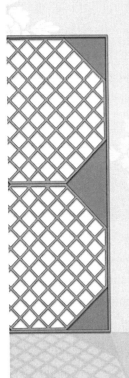

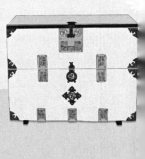

## 작가의 말

이번 『조선 명탐정 견음』이라는 추리 소설을 쓰면서 흥미로운 것을 발견하게 되었다. 이 글을 써 놓고 보니 시대적 배경은 조선 시대 정조 시기였지만 사건의 내용을 보면 현재 대한민국이 클로즈업되었다. 글을 쓰는 내내 들었던 생각이 '현재 대한민국의 상황과 많이 닮았다.'는 것이다. 아마도 이는 조선 정조 시대나 현재 대한민국의 상황이 비슷하기 때문일 것이다. 또한 여기에 글을 쓴 사람이 2020년 대한민국에 사는 사람이라 현재 시대 상황을 조선 정조 시대에 녹였기 때문이다. 이런 이유로 자연스레 현대와 조선의 상황이 동시에 떠올려질 수 있는 것이다.

또한 『조선 명탐정 견음』을 쓰는 내내 두 가지 부분에 있어서 어려움을 느끼게 되었다. 첫 번째로 소설의 시대적 배경이 조선 정조 시대다 보니 수사를 통해 단서를 확보하고 범인을 잡는 과정을 전개하는 데 어려움이 있었다. 현대를 배경으로 한다면

DNA 검사나 지문 대조로 범인을 잡을 수도 있고, 카메라나 녹음기를 숨겨서 녹화나 녹음을 할 수도 있지만, 시대적 배경이 조선 시대이다 보니 이러한 기법을 사용할 수가 없었던 것이 사건 전개에 있어 어려움을 더했다.

두 번째는 시대적 상황을 정확히 반영하기가 쉬운 작업이 아니었다는 것이다. 정조 시대의 배경을 찾고 담아내면서 시대적 상황을 정확하게 반영하는 데 어려움을 느꼈다. 주인공이 가상의 인물이지만 시대 상황은 역사적 사실이니 이에 기반을 두고 배경을 써 내려가기가 쉽지가 않았다.

그럼에도 불구하고 이 소설을 쓴 이유는 단 하나. 어린 시절 코난 도일과 아가사 크리스티의 소설을 읽고 '나도 추리 소설을 쓰겠다.'는 꿈을 가지고 있었기 때문이다. 물론 이 꿈도 20년 가까이 가슴에만 간직하고 있었다. 대입 때문에, 취업 준비로, 직장에서 일로 피곤해서 등등의 이유로 시도조차 하지 못하고 있었다. 그러던 중 우연히 알게 된 글쓰기 모임을 통해 가슴에만 간직했던 꿈을 현실화하기로 마음을 먹었다.

글쓰기 모임을 하면서 소설보다는 자기계발서를 쓰려고 했지만, 그럴수록 소설을 쓰고 싶다는 생각이 강해졌고, 이것이 계기가 되어 '조선 명탐정 견음'이라는 글을 쓰기 시작했다. 이는

조선 명탐정 견음

꿈을 이루기 위한 작은 한 걸음을 떼는 것이었다.

　이번 소설『조선 명탐정 견음』은 단편소설을 묶은 소설집 형태로 출간하게 되었다. 원래 장편으로 쓰려고 했지만, 능력이 부족해 단편 여러 개를 묶어서 소설집으로 출간하게 된 것이다.

　이 책이 출간되기까지 도와준 모든 사람에게 감사한 마음을 전한다.